KB149177

우주인의 사랑 메시지

플레이아데스가
말하는
지구의 미래

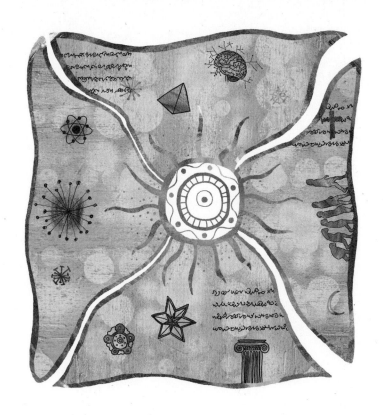

박은기와 카르멘 지음

플레이아데스가

우주인의 사랑 메시지

말하는

지구의 미래

★ ★ ★

우리는 지구가 이번 위기를 극복하고
더 나은 차원으로 도약하기를 바랍니다
지구의 희망은 우리의 희망이고
지구의 아픔은 우리 모두의 아픔입니다

★ ★ ★

프롤로그

　가끔 궁금했습니다. 우주인이 등장하는 SF영화나 소설에
서 '왜 우주인과 지구인은 서로 대립하고 싸우는 것일까?'
하고요. 물론 영화나 소설의 재미를 위해서 극적 요소를 가
미했겠지만, 내심 어렸을 적 보았던 ET 같은 캐릭터를 고대
하고 있었는지도 모릅니다. 서로를 적으로 보지 않고 친구로
보는 관계 말이지요.

　그래서였을까요? 명상을 하던 중 낯선 우주인이 말을 걸
어왔을 때 두려움보다는 호기심이 먼저 발동했습니다. 저에
게 말을 걸어온 우주인은 플레이아데스별의 카르멘이라고
했습니다. 지구보다 진화된 문명을 이룩한 플레이아데스는

황소자리에 7개의 반짝이는 별들로 되어 있으며, 카르멘님은 그 별에서 철학을 전공한다고 했습니다.

철학 전공자답게 카르멘님은 저에게 시대의 흐름을 많이 알려 주었습니다. 처음에 그녀가 살고 있는 플레이아데스라는 별에 대해서 묻기 시작한 것을 계기로 플레이아데스 문명의 기원, 발전, 위기, 극복 과정에 대해서 듣게 되었고, 그것이 현재의 지구와 무관하지 않다는 것을 알게 되었습니다.

대화가 계속될수록 그녀가 전해주는 이야기는 실로 놀라운 것이었습니다. 우주에 있는 많은 별들은 '진화'라는 스케줄 안에서 플레이아데스가 겪었던 문명 주기와 같은 과정을 거치게 되어 있으며, 그 스케줄에 지구도 운명을 같이 한다고 합니다. 그리고 지금 지구는 맞닥뜨리고 있는 물질문명의 위기를 극복하여 정신문명으로 발전하느냐, 퇴보하느냐의 기로에 서 있다고 합니다.

지구가 현재의 위기를 극복하고 새로운 시대를 맞이하게 된다면 SF영화 속에서 보는 우주전쟁이 아니라 평화와 화합이 공존하는 세상이 될 것이라고 합니다. 앞으로의 세상은 지구 종말이 아니라 인류가 지구촌을 벗어나 우주시민으로 함께 하는 삶이 될 것이라고도 하고요.

위기는 기회라는 말이 있듯이 어쩌면 제가 카르멘님과 대화하게 된 것은 지구의 위기를 기회로 바꾸는 계기가 될 수도 있겠다는 생각이 들어, 카르멘님이 전해준 메시지를 책으로 엮게 되었습니다. 책에는 올 1월부터 약 4개월간 걸쳐 대화한 내용을 실었습니다.

10여 년간 명상을 했고, 심의心醫를 꿈꾸는 한의사이나, 도道 닦았다 하며 자랑스럽게 명함을 내놓을 재주는 없습니다. 다만 지구의 위기를 우주인으로부터 먼저 들은 사람으로서 될 수 있으면 많은 분들과 같이 이 위기를 넘겼으면 하는 바람입니다. 적어도 지구촌 문명의 소식이 점점 어둡게 들려질 때 한 줄기 바람처럼 이 책이 독자 여러분께 떠올려졌으면 합니다.

약식의 책이지만 정성스럽게 손질해주신 출판사 분들께, 대화 내용을 엮어 세상에 선보일 수 있도록 흔쾌히 허락해준 우주인 친구 카르멘님께 깊이 감사드립니다.

차례

3부 지구별 차원 상승의 멘토, 플레이아데스

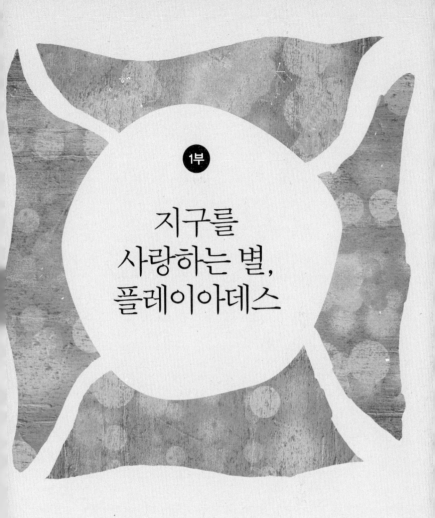

1부

지구를
사랑하는 별,
플레이아데스

★ ★ ★

저는 플레이아데스 문명사를 통해 지구가 나아갈 방향을 알려드리고 싶습니다. 우리별은 현재 6차원의 별이지만 물질문명에서 정신문명으로 진화한 역사를 갖고 있기에 3차원에서 5차원으로의 차원 상승을 앞두고 있는 지구에 직접적인 도움을 줄 수 있는 별입니다. 이 같은 과정을 먼저 경험한 선배로서 지구인들이 시행착오를 줄일 수 있도록 도움을 드리고 싶은 것입니다.

플레이아데스 카르멘과의 만남

……? 누구신가요?

얼마 전부터 제게 파장(텔레파시)을 보내고 계시는 분은?

반갑습니다, 은기님. 저를 느끼시길 기다리고 있었습니다. 저는 플레이아데스라는 별에서 온 카르멘입니다.

플레이아데스의 카르멘님이요? 지구에는 〈카르멘〉이라는 이름의 오페라가 있는데 같은 발음의 카르멘이 맞는지요?

맞습니다. 저는 카르멘입니다. 좀 유명한 이름이죠.

카르멘이라는 말 속에는 열정과 사랑의 파장이 들어 있습니다. 저와 대화하시면서 그 열정과 사랑을 피워보시면 좋겠네요.

그럴 수 있다면 정말 좋을 것 같습니다. 플레이아데스라는 별에서 오셨다고 하셨는데 그 별은 어떤 별인가요? 그 이름을 그리스 신화에서 보았던 기억이 있습니다.

플레이아데스는 황소자리에서 물음표 모양으로 예쁘게 반짝이는 일곱 개의 별입니다. 그리스 신화 덕분에 상당히 유명한 별자리가 되었지만 사실 그 이름은 우리가 파장으로 전달한 것이랍니다. 어쨌든 저희들의 입장에선 지구에 많이 알려져 있다는 사실 자체가 영광입니다.

지구인들에게 알려지고 자주 불려지는 것이 특별한 의미가 있나요?

물론입니다. 지구인들이 우리의 존재를 알고 기억하고 있다는 것 자체가 우리 별에 많은 에너지를 공급해주는 원동력이 됩니다.

그런 의미가 있었군요. 무척 흥미롭습니다. 잠시 이야기를 했을 뿐인데 플레이아데스라는 별에 호감이 생기네요. 플레이아데스를 간단하게라도 소개해 주실 수 있는지요?

음… 사랑! 저희 별은 지구를 참으로 사랑하는 별입니다. 지구인들이 가장 쉽게 느끼는 인간적인 사랑을 넘어 다음 단계의 사랑을 배울 수 있는 곳이라고 보시면 될 것 같네요.

혹시 저와 이렇게 대화를 하게 된 것도 사랑하는 지구인들에게 특별히 하실 말씀이 있어서인지요?

네. 저는 플레이아데스 문명사를 통해 지구가 나아갈 방향을 알려드리고 싶습니다.

우주는 1~10차원으로 되어 있습니다. 그 중에서 4차원 이하의 별은 물질계의 원리로, 6차원 이상은 비물질계의 원리로 만들어져 있습니다. 그 중간에 위치한 5차원은 물질계와 정신계를 이어주는 통로의 역할을 하고 있습니다. 여러분이 살고 있는 지구는 3차원의 별이기에 물질의 세계입니다. 하지만 지금 지구는 정신계인 5차원 별로의 엄청난 차원 상승을 앞두고 있습니다.

우리별은 현재 6차원의 별이지만 물질문명에서 정신문명으로 진화한 역사를 갖고 있기에 3차원에서 5차원으로의 차원 상승을 앞두고 있는 지구에 직접적인 도움을 줄 수 있는 별입니다. 이 같은 과정을 먼저 경험한 선배로서 지구인들이 시행착오를 줄일 수 있도록 도움을 드리고 싶은 거예요.

지구에 그런 메시지를 전하려는 우주 행성들이 여럿 있다는 말을 들었습니다. 플레이아데스가 메시지 전달에 더욱 적극적인 특별한 이유가 있나요?

지구가 5차원으로 차원 상승을 이루기 전에 플레이아데스와 정리해야 하는 과제가 있기 때문입니다. 그것엔 종교적 차원의 영역도 있습니다. 플레이아데스는 지구의 종교 형성에 많은 영향을 미쳤거든요. 지구와 상하관계로 연결되어 있었던 연결 고리를 이제는 수평관계로 만들어야 할 때가 되었습니다.

우리별 출신들이, 아니 전 우주인들이 지구에 와서 신이라 추앙받았지만 제대로 전달한 경우도 있고 잘못 전달하여 지구인들에게 아픔을 준 경우도 있었습니다. 이번 대화는 이런 과오와 선업들을 모두 정리할 수 있는 아주 중요한 기회라고 보시면 될 거예요.

그렇군요. 지구의 성공적인 차원 상승을 위해 카르멘님과 열심히 대화해야겠다는 생각이 불끈 드네요.

네. 사랑과 존경이 교류에 많은 도움이 될 거예요.

혹시 개인적인 질문을 드려도 괜찮을까요? 카르멘님의 전공은 무엇인지요? 다른 대화자들의 우주인 친구를 보니 각자의 전공이 있더라고요.

저의 전공은 철학입니다. 철학이 좀 모호한 측면이 있다고 생각하시는데, 철학은 시대의 흐름을 알려주는 것이며 진리로 다가가는 하나의 도구라고 보시면 됩니다. 인간은 철학을 통하여 사고를 정립하며 미지의 세계를 바라보지요. 지금 인류에게는 그 어느 때보다 철학이 중요한 시점입니다. 우주적인 철학이 필요합니다.

우주적인 철학이요?

다가오는 변화의 시대를 맞이하여 지구인들이 도약하기 위해서는 지구의 틀에 갇힌 철학이 아니라 기존의 개념을 뛰어넘는 우주적인 철학, 사고관이 필요합니다. 저희와의 대화를 통해 의식이 많이 확장되시면 가능하리라고 봅니다.

과거에도 우주인들이 지구인들에게 메시지를 보낸 적이 있었나요? 지구 역사에 우주인의 관여가 많았다는 설도 있던데 어떤가요?

우주의 많은 별들이 지구 문명에 영향을 주었지만, 현존하는 인류에게 직접적인 영향을 가장 많이 주었던 곳이 바로 시리우스[1]와 플레이아데스입니다. 지구 역사가 시작되었을 때부터 영향을 주었다고 할 수 있어요. 지구 역사에 관여했던 일이 성공하기도 하고 실패하기도 했지만, 전체적으로 보면 긍정적인 영향을 미쳤다고 평가합니다.

---

1) p.114 '지구와 플레이아데스별 소개' 참조

지구로 오는 우주인

그럼 플레이아데스가 오래 전부터 지구를 방문해 왔었다는 것인가요?

네, 그렇습니다. 많은 행성들이 영향을 미치는 방법은 주로 정신적인 측면이었는데, 이를 위해 영혼의 이식을 통하여 실험을 한 경우가 대부분입니다.

영혼의 이식이요? 그건 구체적으로 어떤 과정인가요?

영화에서 많이 본 장면을 생각하시면 됩니다. 지구에 오는 방법에는 두 가지가 있습니다.
우주에서 사용하던 자신의 기적氣的인 몸을 물질화하여 오는 경우와 기적인 상태 즉 영靈을 가지고 지구의 인간으로 태어나는 방법입니다. 영혼의 이식이란 바로 인간으로 태어나는 것입니다. 지구인이 되는 것이죠.

그러나 특별한 경우를 제외하고 인간으로 태어나면, 기존의 기억을 지우고 태어나게 되는 지구의 속성에 따라 대부분 자신이 지구에 온 목적을 잊어버리게 됩니다. 이런 큰 위험 부담이 있지만 지구에서 우주인이 거부감 없이 활동할 수 있기 때문에 이 방법을 사용합니다. 하지만 성공한다면 다행이지만 실패하는 경우가 많이 있습니다.

그럼 인간의 몸으로 태어나지 않고 우주에서 사용하던 기적인 몸을 물질화하여 오는 경우는 어떤가요?

앞으로 우리 우주인들은 지구인들에게 모습을 나타내게 될 것입니다. 그때는 지구 인간으로 태어나지 않고 본래의 모습을 보여주게 될 것입니다. 우주에서 일정 수준이 되면 기적인 상태와 물질적인 상태를 상호 연동하여 사용을 할 수 있게 됩니다. 먼 우주에서 지구로 쉽게 올 수 있는 것도 바로 기적인 몸을 사용하기 때문입니다.

즉 에테르화[2]된 몸이기에 가능합니다. 물질화된 몸으로는 광속 이상 즉, 빛의 속도보다 빠르게 이동하는 것은 불가능하기 때문에 인간이 가진 과학기술로는 광속 이상으로 이동할 수 없습니다. 이것이 3차원 세계가 가지는

---

2) 에테르화=기화氣化. 에테르는 우주를 구성하고 있는 근본 물질.

한계입니다.

우주인들은 이 방법을 자신들의 수준보다 낮은 3차원 세계에서 활동할 때 사용하고 있습니다. 지구에 오는 우주인들은 3차원 세계보다 높은 5차원 이상에서 접근할 수 있고, 이 방법은 여러 가지 장점이 있습니다.

그동안 지구에는 5차원 세계에서 온 우주인들이 자신들의 몸을 물질화하여 지구 인간들에게 직접적으로 보여주는 경우가 종종 있었습니다. 그러나 이런 경우는 특별한 절차를 밟아야 합니다. 지구에는 아무 별에서나 올 수 없고 일정 조건을 갖춘 별에서만 올 수 있기 때문입니다.

영혼의 이식에 관련해서 좀 더 자세히 알아보았으면 합니다. 지구 인간으로 태어나기 위해서는 많은 절차가 있다고 하던데, 정말 그런가요?

우주인들이라고 해도 본인이 원하는 시기에 지구에 바로 태어나는 일은 쉽지 않습니다. 지구에 인간으로 태어나기 위하여 수많은 인류와 영혼들이 대기하고 있기에 꼭 태어나야 할 필요성이 있는 경우에만 태어날 수 있습니다. 먼저 태어날 수 있도록 신청하면 분류를 통하여 합당한 위치로 배정받게 됩니다. 예를 든다면 동양과 서양으로 혹은 백인과 흑인, 황인으로 구분할 수도 있습니다. 그리고 신분의 고하도 포함되지요.

자신이 출생 조건 등을 선택하여 태어나고자 하는 경우는 프로젝트의 의미를 제대로 알아 심사에 합격한 경우에 한합니다. 그렇지 않은 대부분의 우주인들은 신청하면 공부와 의식 수준에 맞게 지구에서 필요한 곳으로 태어날 수 있도록 배정됩니다.

그럼 지구에 어떠한 중요한 임무를 가지고 올 때에 해당 별에서는 많은 준비가 필요하겠군요?

그렇습니다. 지구에 특별한 임무를 가지고 오는 경우 해당 별에서도 수많은 지원 그룹이 형성됩니다. 그래서 그가 태어나기 전부터 프로젝트를 성공적으로 수행할 수 있도록 많은 지원을 합니다. 그것은 우연을 가장한 필연이라고 하기도 합니다.

우연을 가장한 필연이라!

이 지원 그룹을 동양과 서양에서는 서로 다르게 표현하고 있으며 각 민족마다 부르는 명칭이 다릅니다.

동양에서는 보호령이라 하기도 하고, 서양에서는 수호천사라 부르기도 합니다. 그들은 단순히 해당 별에서 지원하는 경우도 있고, 지구 자체의 필요에 의하여 지원하는 경우도 많이 있습니다. 어디에서 지원하는가에 따라서 그 지원 방법에 차이가 있는데, 동양과 서양은 지원하는 세력이 다르기 때문에 문화에서 상당한 차이가 발생합니다.

문화에서 상당한 차이가 있다는 것은 무엇이죠?

서양의 경우 물질문명이 발달한 시리우스와 플레이아데스에서 주로 지원하였기 때문에 물질을 증명하는 과학문명이 빠르게 발전할 수 있었습니다. 지원하는 시기에 차이가 있었지만요. 동양의 경우 물질적인 것보다는 정신적인 깨달음에 대한 문화가 발전할 수 있었던 것은 정신문명을 추구하는 우주인들이 기적인, 정신적인 지원을 하였기 때문이라고 할 수 있습니다.

그럼 해당 국가가 발전하는 방향도 우주인들이 어떤 방향으로 지원하는
가에 따라서 차이가 있다는 것인지요?

네, 바로 그것입니다. 지구에서 수많은 문명이 발전하고,
기술들이 창조되었지만 그것은 자신들의 노력이라기보
다는 우주인들의 파장을 바로 받아서 즉, 지원을 받아서
발전한 것이라고 보는 게 맞는 표현입니다.

영혼의 이식이란 바로 그런 파장을 지구에 전해줄 인간이 태어나도록
하는 방식이 되는 것인가요?

그렇죠. 지구에 영향을 많이 끼치게 하는 방법으로 그런
방식을 선택합니다. 그런 방식을 통하지 않고 지구가 자
체적으로 발전하기 위해서는 지금보다 더 오랜 시간이 걸
리게 됩니다. 지구의 발전을 가속화하기 위하여 영혼의
상태로 지구에 태어나고 그 별의 지원자들은 해당 영혼
에게 파장을 지원하여 지구의 발전에 기여할 수 있도록
하는 것입니다.

그러나 우리는 직접 몸을 가지고 와 모습을 보여주면서

많은 역할을 하였습니다. 그런 이유로 다수의 지구인들이 우리를 신으로 생각하는 경우가 많지요.

몸을 직접 가지고 와서 지구에서 활동하신 이유가 있나요?

보통은 지구에서의 활동을 위해서 기적으로 존재하면서 역할을 하고 가는 경우가 많지만, 우리는 지구인들과 직접적인 교류를 통하여 그들의 행동이 어떻게 변화되는지를 관찰하기 위해 몸을 갖고 오는 방법을 택했습니다. 그렇지 않고 간접적인 실험도 가능하지만, 그런 경우 대부분 많은 시간이 걸립니다.

플레이아데스는 언제부터 지구를 방문했나요?

저희가 지구에 오기 시작한 지는 정말 오래되었지요. 본격적인 교류를 시작한 지는 대략 5만 년 정도로 보시면 됩니다. 그전에 잠깐씩 조사차 온 것까지 포함한다면 대략 10만 년 정도로 보시면 되고요. 물론 우주의 시간으로 본다면 얼마 되지 않는 시간입니다.

사전 준비 5만 년을 포함하여 약 10만 년 동안 지구에 와서 여러 가지 일들을 하신 거로군요.

그렇습니다. 지구와의 인연을 통해 플레이아데스도 많은 진화와 도움을 얻었습니다.

그런 일들이 플레이아데스에 도움이 되기도 하는군요. 플레이아데스 출신으로 지구에 태어난 분들이 많은가요?

지구에 태어나 지구인들에게 큰 영향을 미치고 사랑받은 플레이아데스인 몇 분을 알려 드릴까요? 레오나르도 다 빈치, 뉴턴, 노벨 같은 분이 있습니다.

와~ 무척 흥미로운 사실이네요! 말씀처럼 세 분 모두 전 세계인들에게 알려져 있고 많은 사랑을 받는 분들입니다.

네. 그렇게 플레이아데스 출신이면서 지구인들에게 많은 사랑을 받는 사람이 있다면 그 사람을 통해 우리에게 많은 기운이 지원되는 거죠. 물론 좋지 않은 기운도 같이 오지만, 이를 정화하여 사용하기 때문에 큰 문제는 되지 않습니다.

우주인 문명이 시작되다

대화가 계속될수록 알고 싶은 내용이 점점 많아집니다. 그렇다면 지구에 우주인 문명은 언제부터 생성되었나요?

지구에서 우주인 문명이 생성된 것은 아주 오래전입니다. 700만 년 정도 전부터 우주인들이 문명을 만들기 시작했다고 보시면 됩니다. 그 내용은 고고학적으로 증명이 불가능한 면이 있습니다. 그러나 현존하는 인류에게 있었던 내용은 충분히 논리적으로 설명 가능한 면이 있습니다.

시리우스가 실험에 가장 많이 참여하였으며, 우리도 상당히 많은 실험에 참여하여 데이터를 축적할 수 있었습니다. 우리가 지구에서 현존 인류에 영향을 미치기 시작한 것은 대략 기원전 5천여 년 전입니다. 영국과 그리스 지역에 많은 영향을 주었는데 처음에는 단순히 우리의 존재를 알리는 차원이었습니다. 당시 지구는 모든 문명이 퇴화되어 새롭게 시작한 지 얼마 되지 않은 시점이었지요. 우리의 문물을 처음부터 접목하기에는 너무 수준이 낮았기 때문에 단계별로 접근할 필요가 있었습니다.

처음에는 하늘의 존재를 알리는 차원에서 공중에서 내려오는 모습을 주로 보여주었습니다. 그들로부터 경외심을 불러일으키기 위함이었죠. 그러면서 흔히 기적이라고 표현되는 여러 가지 일들을 보여주고 그들을 다루기 시작하였습니다.

지구에 우주인 문명이 생성된 것은 어떤 의미가 있나요?

지구에서 우주인 문명이 생성된다는 것은 많은 의미가 있을 수 있는데요. 그 중 첫 번째는 빠른 진화를 할 수 있다는 것입니다. 지구인들은 현재 진화론으로 억지 끼워 맞추기 식의 역사를 만들고 있는데 역사는 단순한 흐름이 아닙니다. 중간에 한 단계 점프하는 시점이 있는데, 그런 것이 바로 우주인 문명 즉, 지구 외의 문명의 작용이라고 보셔야 합니다.

중간 중간 점프할 수 있는 기회와 동인을 제공하여 준다는 것이군요.

그렇습니다. 지구는 아무리 시간이 많이 흘러도 자체적인 도약이 불가능한 시스템으로 구성되어 있습니다. 우주 또한 마찬가지입니다. 수십억 년이 흘러도 변화는 아주 미미합니다. 지구에서 문자가 만들어지고, 금속을 이용한 다양한 기술이 발달할 수 있었던 것은 바로 우주인 문명을 통하였기 때문입니다. 당시 문명이 그대로 후세에 남겨진 것은 아니고 일부만 전수되어 지금까지 이어지고 있습니다.

왜 일부만 후세에 남겨지게 되었나요?

당시의 수준에서 후세에 남길 수 없는 경우가 대부분이었습니다. 당시 지구에 왔던 우주인들은 여러 가지 실험을 위해 왔습니다. 단순히 지구에 기술을 전수하기 위하여 온 것이 아니죠. 오늘날 지구의 우주비행사들이 우주선을 타고 이동하여 우주에서 과학실험을 하고 돌아가는 것과 같은 구조로 이해하시면 됩니다.

여러 가지 실험을 위해 지구로 왔기 때문에 모든 것을 남기고 갈 필요성이 없었다는 것이군요?

그렇습니다. 당시 지구에서 실험된 내용은 현존 인류에

게 필요한 다양한 문물을 만들어 보는 것이었습니다. 시리우스나 플레이아데스는 반半에테르체[3] 상태이기 때문에 물질문명이 상당히 앞서 있습니다. 그래서 쉽게 지구에 물질문명을 전수할 수 있는 것입니다.

당시에는 정신문명을 전수하기는 힘든 여러 제약 조건이 있었습니다. 그래서 시도된 것이 물질문명입니다. 당시 지구에 살고 있는 인류는 영성이 발달하지 못했기 때문에 물질적 풍요로 영성을 개발할 필요가 있었습니다. 의식의 확장을 물질세계를 통해 가능하도록 준비하였지요.

지구인과 우주인의 합작품, 스톤헨지

좀 더 자세한 설명이 필요한 것 같아요. 우주인 문명을 생성하기 위해 플레이아데스인들은 지구에 어떤 방식으로 내려왔으며, 어떻게 활동을

---

3) 5차원에 존재하는 에테르(유체)와 물질(육체)의 중간 상태. 현재의 육체보다 모든 기능이 훨씬 진화된 존재로 물질계와 정신계를 동시에 수용할 수 있는 능력이 있으며 광속 이상으로 우주 공간을 이동할 수 있다.

시작하였는지요?

좋은 질문입니다.

앞서 말한 것처럼 우리는 지구에 올 때 우리의 형상을 그대로 유지한 상태에서 내려왔습니다. 지구 여기저기를 살펴며 적당한 환경이 있는 곳을 알아보았지요. 지구의 환경을 조사하여 필요한 것이 무엇인지도 살펴보았고요. 문명이라고 할 수 있는 지역이 몇 곳 있었지만 아직은 그 수준이 미약하였기 때문에 독자적인 지역을 찾았습니다. 그곳이 바로 영국입니다.

당시 영국은 고립된 지역으로, 자신들의 영역에서 외부의 영향 없이 살고 있었기 때문에 쉽게 실험할 수 있었습니다. 동떨어진 지역이지만 주변으로 쉽게 확장할 수 있는 거리에 있어 지리적 여건이 상당히 좋은 곳이었습니다.

우리는 그들에게 우리의 모습을 그대로 보여주기 위해 우주선을 타고 나타났습니다. 그리고 우리에게 먼저 접근한 인종들에게 힘을 부여했고, 우리와 관계를 맺을 수 있는 기회를 제공했습니다.

그들은 우리에게 복종했고, 점차 발달된 문명을 이룩하기 시작했습니다. 현재 남아 있는 스톤헨지[4]는 우리가 직접 만든 것은 아니지만, 지구인들에게 우리 별로 갈 수 있는 방법을 교육하면서 만들어 본 작품입니다. 이런 일련의 과정을 통해 희망을 줄 수 있었습니다.

천 년 정도의 시간 동안 그들이 어느 수준까지 진화할 수 있는지 살펴볼 수 있었습니다. 그러나 결과는 썩 좋지 않았습니다. 습득하는 속도가 너무 느렸기 때문에 중간에 실험을 정리하게 되었습니다.

플레이아데스인들이 지구에 와서 문명을 만들어 본 이유는 무엇인가요?

우리들이 지구를 찾아온 것은 처음엔 새로운 땅을 찾아서였습니다. 당시 지구만 온 것은 아니고 우주의 수많은 별들을 방문하였고, 그 중 지구가 적합하다는 판단이 들어서 한동안 문명을 이루고 살았지요.

---

4) 영국 월트셔주의 솔즈베리 평원에 있는 환상 열석 유적. 높이 8미터, 무게 50톤인 거대 석상 80여 개가 세워져 있다.

플레이아데스는 지구보다 차원이 높은 별인데 굳이 지구에 와서 거주한 이유가 있나요?

우주에는 수없이 많은 차원의 별들이 존재하지만 모든 곳에 생명체가 존재할 수 있는 것은 아닙니다. 그러나 지구는 생명이 존재할 수 있는 곳 중의 하나이며 삶의 활력을 가져올 수 있는 곳이지요.

지구의 역사로 설명하자면 소위 문명을 이루고 있다고 자부하였던 유럽인들이 자신들에게 없는 요소를 찾아 동양과 아메리카로 진출한 것과 비슷하다고 보시면 어떨까요? 꼭 같지는 않지만요.

네, 그렇게 말씀하시니 쉽게 이해할 수 있는 것 같아요. 그런데 고향을 떠나 미지의 지구로 오신 분들은 개척정신이 상당히 있는 분들이었겠어요?

우주에서도 타 별로 이동하는 경우는 모험심이 강한 부류입니다. 새로운 곳에서 무언가를 시도한다는 것은 도전이라고 할 수 있죠. 실패할 확률도 많으니까요.

그렇겠네요. 상당히 스릴이 있었겠어요.

지구와 같은 차원에서의 삶이란 어떤 것일까 호기심을 자극하기도 하죠. 하지만 우리가 지구를 방문한 것은 다양한 이유가 있으며, 시대별로 차이가 있습니다.

처음 지구를 발견했을 때는 그냥 탐사만 하는 수준에서 마무리하였고, 차후엔 거주를 목적으로 이주하였습니다. 당시 인류의 수준이 그렇게 높지 않았으므로 결과는 그렇게 만족스럽지는 않았어요. 그러다가 지구에 문명이 만들어질 때 관여하게 되었지요.

어떤 식으로 지구에 관여하였나요?

우주인들이 자신들의 존재를 나타내는 것은 다양한 방식이 있죠. 보이지 않는 상태에서 파장만으로 전달하는 경우, 모습을 보여주고 주변만 정찰하고 돌아가는 경우, 우주인의 모습을 직접 보여주면서 문물을 전달하고 지배하는 경우 등입니다. 우리는 이 중에서 문물을 직접 전달하는 경우였습니다. 이때도 선한 마음으로 문물을 전달하는 경우가 있고, 지배를 하기 위해 자신들의 우월성을 앞세우는 경우가 있습니다. 행성의 수준에 따라서 다른 목적과 방법을 사용하지요.

지구의 경우는 플레이아데스인 중 차원이 낮은 인류가 이동하여 도움을 주었기 때문에 지구에 못된 짓을 많이 하였습니다. 한 국가를 지원해서 다른 행성의 도움을 받는 국가들과 상호 대등한 세력으로 만들어 주고, 전쟁을 할 수 있도록 지원을 아끼지 않은 것이죠. 왜냐하면 우리와 비슷한 수준의 우주인들이 지구에 찾아와서 세력전을 했기 때문입니다. 지구에 거주하는 인류에 대한 이간질이라는 표현이 적당할 것 같네요.

우리는 문물을 지원해 과학수준 등이 올라가게 하여 타세력을 무력화할 수 있도록 도와주었습니다. 지구에서의 경우로 본다면 막강한 힘을 가진 국가가 자신들의 이익을 위해 국력이 약한 독재정권에게 무기 원조와 경제 원조를 하는 것과 비슷한 경우입니다. 이런 경우, 십중팔구 우리의 뜻에 따라서 결국은 전쟁을 하는 경우가 대부분입니다. 얼마나 우리의 뜻에 따라서 움직이는지 파악할 수 있는 것이죠. 적당한 사탕발림이라고 할까요? 지구에서 현재 벌어지고 있는 것과 마찬가지로 지역만 우주로 확대된 개념으로 보시면 됩니다.

그 외에 또 다른 방문 목적은 없었나요?

지구의 문명 수준이 너무 낮은 경우, 우리가 전할 수 있는 수준도 낮아질 수밖에 없습니다. 우리가 와서 전해주는 모든 것이 신기해 보이고, 우월해 보이면 우리를 신이라 생각하게 되는 것입니다. 고대 이집트 문명 등이 바로 그런 사례입니다.

우주인들이 지구를 방문하여 단독으로 문명을 만들어 보고 사라진 경우도 있나요?

지구에 단순히 몸을 가지고 와서 새로운 실험을 한다고 해도 지구인들과 교류를 할 수밖에 없습니다. 물론 외진 지역을 방문하는 경우는 별도로 하고요. 대부분의 지역에 인류가 거주하였기 때문에 우월한 위치에서 우리의 실험을 진행하고 한동안 거주하다 다시 돌아가게 되었습니다.

알겠습니다. 그럼 플레이아데스인들이 지구에 이주하는 경우, 수명은 어느 정도였나요?

보통 몇 백 년 정도는 지구에서 살다가 돌아가게 되었습니다. 플레이아데스에서 사망을 하는 경우도 있었고요. 아니면 지구가 좋아서 지구에서 삶을 마감하는 경우도 있었습니다. 지구에서 태어나는 경우도 있었고요.

지구에서의 몇 백 년은 우리 플레이아데스에서의 몇 백 년과는 상당한 차이가 있어서 같은 시간대로 표기하는 것에는 무리가 있습니다. 제가 말씀드린 것은 지구 시간을 기준으로 한 것입니다.

몇 십 년을 지구에서 사는 것도 힘든데, 몇 백 년을 산다…. 저는 다른 별에 가서 오래 있고 싶지 않을 것 같은데요. 빨리 구경하고 살아보고 다른 곳으로 재빨리 이동하고 싶을 것 같아요.

저희 입장에선 지구에서 몇 백 년을 산다고 해도 지구라는 곳이 지루하지 않아서 그리 큰 어려움 없이 즐겁게 지낼 수 있었습니다. 특히 자유자재로 이동할 수 있는 능력이 있기 때문에 현재 지구인들이 생각하는 것처럼 한 곳에 오랫동안 있지 않고 자유로운 생활을 할 수 있었죠.

그런 조건이라면 지구는 정말 매력적인 별일 것 같군요. 이제 지구에 와서 했던 구체적인 일들을 좀 더 자세하게 알아보았으면 합니다. 유전자 조작이나 문명의 전수 등 많은 일화가 있을 것 같은데요.

연도는 별로 중요하지 않게 생각하기 때문에 큰 그림을 그리며 말씀드리겠습니다.

네, 기대가 됩니다.

우리는 지구에서 많은 일들을 했습니다. 지구의 문명 수준에 따라서 차이가 있는데, 먼저 다양한 과학 지식을 전수했습니다. 청동기, 철기 문물을 전수한 것도 우주인들입니다. 우리 플레이아데스에서도 청동기 문물을 일부 전수하였지요. 그리고 종이를 제작할 수 있는 방법도 전수하였는데, 이것은 파장을 통한 방식이었기 때문에 차이가 있습니다.

금속 재련의 경우, 진화를 통한 방법으로는 찾아낼 수 없다는 것을 잘 아실 것입니다. 특히 청동기는 철과 달리 구리와 주석 등을 혼합한 금속 재료이죠. 이것은 자연 상태에서 찾을 수 있는 재료라고 하지만, 일정 온도가 올라가지 않으면 만들 수 없습니다. 이런 것을 만들기 위한 방식은 직접 전달되었어요. 동양에 전한 경우는 다른 우주인들이고, 우리는 서양에 전달했지요.

금속의 특성은 돌처럼 존재하지만 일정한 열을 받아서 용융점 이상이 되었을 때 그 존재를 알 수 있다는 것입니다. 그리고 낮은 온도로 변화되면 그 실체를 만질 수 있고요. 우리는 처음에 시범적으로 재료를 구하여 금속을 서로 혼합해 하나의 합금을 만들어서, 그것을 생활에 필요한 도구로 만들어 지구인들에게 선물했습니다.

처음에는 만드는 방법을 전수하지 않고 물건만 사용할 수 있도록 선물하는 방식을 사용하다가 그 용처가 늘어나면서 점차 제작 기법을 전수하게 되었지요. 알면서도 모르는 체 하면서 지구인들에게 방법을 전수했던 것이죠.

음. 선한 의도를 가장해서 문명을 전수했다는 느낌이 듭니다. 지구에서 금속문명이 만들어지면서 엄청난 발전을 이루게 되었는데요. 금속문명이 이루어질 수 있도록 선물한 의도가 있나요?

지구인들을 지배하기 위해서는 그들에게도 발전할 수 있는 적당한 동기를 부여해야 했습니다. 특히 인류의 지배층들을 적당히 이용했죠. 그들은 이런 류의 선물을 주면 하나라도 더 얻기 위해서 아부를 합니다. 이것이 3차원 세계에서 일어나는 특성이라고 할까요? 인간의 물질에 대한 욕심을 적당히 이용하는 것이죠. 우주인인 우리가 지구인들을 모두 직접 지배하는 것도 가능하지만, 그런 경우 많은 인원이 필요하기 때문에 중간 계층을 두는 것이죠. 그렇게 함으로써 지배를 원활하게 진행할 수 있기 때문입니다.

인간의 심리를 잘 이용하신 것이군요. 플레이아데스에서 지구에 물질문명 중 금속문명을 전한 것을 알려 주셨는데요. 다른 예도 부탁드립니다.

직접 몸을 가지고 와서 특정 사상을 전하는 경우도 많이 있었습니다. 이 경우 대부분 신이라 칭하게 되죠. 처음에는 위대한 존재에서 차차 시간이 흐르면 신이 됩니다. 인간이 가지는 한계로 인하여 발생하는 문제점이라고 할 수 있습니다.

인류의 고향은 우주

앞서 우주인들이 지구에 오는 방법을 두 가지로 말씀해 주셨습니다. 우주인의 몸을 가진 채 직접 지구를 방문하는 경우와 지구인의 몸에 영혼만 이식되어 태어나는 경우요.

네, 그렇습니다. 두 번째 경우가 대부분이죠. 아니, 지구에 태어나는 수많은 인간 중 우주에서 오지 않는 경우는 별로 없다고 해도 될 정도입니다.

지구 인간들의 고향이 우주인 셈이군요.

그렇습니다. 그런데 참 아이러니한 것은, 인생 수십 년을 살자고 태어난 고향은 그렇게나 그리워하고 중요시하면서 정작 자신이 비롯된 원래의 고향은 아무도 기억하지 못하고 산다는 것입니다.

지구인 여러분! 인생이 힘들거나 포기하고 싶을 때는, 자신의 별에서 얼마나 많은 인류들이 당신을 위해 기원하고 있는지 느껴 보세요. 당신이 꼭 지구에서의 공부를 성공리에 마치고 돌아오기를 기원하는 손길이 당신의 곁에 항상 존재하고 있음을 알아야 합니다.

그렇게 생각하니 뭉클하네요. 고향별이라….

그렇지만 대부분이 그 존재를 인식하지 못하고 살아가고 있으니 참으로 안타까운 노릇이죠. 자신의 별로 돌아가는 확률이 그렇게 높지 않습니다.

플레이아데스인들이 지구에 태어나는 경우, 복귀하는 확률은 얼마나 되나요?

지구는 참으로 무서운 곳입니다. 지구에서 바로 복귀하는 경우는 10~20% 정도에 불과하고, 2~3번 윤회하면 50% 정도는 복귀하는 편입니다만, 나머지는 계속 지구에서 윤회하고 있습니다. 그렇게 되면 저희 별에서도 기억을 못하게 되기도 하지요.

그러면 그 영혼은 어떻게 되나요?

지금도 수많은 영혼들이 지구의 윤회 시스템에서 벗어나지 못하고 허공에 존재하고 있습니다. 쉽게 이야기하면 우리의 차원과 지구의 차원의 중간 영역에 거주하며 대기하고 있다고 보시면 됩니다. 4차원 영계의 영역이죠. 그곳에서 상당 기간을 보내는 것으로 알고 있습니다.

이처럼 지구에 한번 태어나면 돌아간다는 것은 쉽지 않지만, 만일 돌아오게 되면 전에 비하여 상상할 수 없이 발전하는 경우가 많습니다.

그럼 지구에 태어났다가 삶을 마무리하고 플레이아데스에 돌아가면 플레이아데스에는 어떤 이익이 있나요?

플레이아데스에는 다양한 경험들이 축적되고 경험을 공유하여 간접 교육이 되기 때문에 우리의 진화가 촉진되는 결과로 이어집니다. 우리의 문명 수준이 훨씬 높기 때문에 지식을 습득하여 오는 것은 아닙니다만 우주인들도 삶을 살아가는 데 다양한 경험을 하는 것이 매우 좋습니다. 이는 개인의 발전이 결국 행성의 발전이라는 결과로 나타납니다.

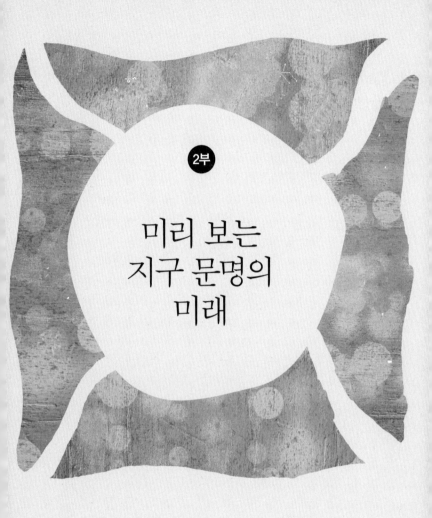

2부

미리 보는
지구 문명의
미래

* * *

위기의 극복으로 플레이아데스는 많은 진화를 할 수 있었습니다. 변화된 삶을 산다는 것은 참으로 즐거운
것이라는 것을 알 수 있었죠. 전쟁의 피해를 생각하지 않아도 되는 시대. 피해를 복구하기 위해서 에너지를
소비하지 않아도 되는 시대가 되었던 것입니다. 이런 과정에 대한 종합 평가를 통해 새로운 차원으로의 접
근과 도약이 이루어졌습니다.

플레이아데스 문명의 이력서

카르멘님이 살고 계시는 플레이아데스에 대하여 구체적으로 알고 싶은데 가능하신가요?

네, 좋습니다. 우리별을 자세히 소개할 기회가 생긴다는 건 즐거운 일입니다.

플레이아데스별은 언제 생성되었나요?

플레이아데스는 수십억 년 전에 만들어진 별들입니다. 그리 오래되지 않은 별들이지만, 처음부터 일정 수준 이상의 문명이 정착하여 지금까지 오고 있습니다. 지구의 경우 아주 오랜 세월 동안 다양한 요소들이 성장하면서 지금까지 이어져 오고 있는데, 이런 특성을 가진 별들이 많지 않습니다. 대부분의 별들은 특정 수준의 문명을 가지고 살 수 있도록 만들어졌습니다.

플레이아데스는 5차원 별로 생성되어 6차원, 7차원까지 성장하였지만 계속 성장하지 못하고 다시금 6차원으로 강등된 상태입니다. 이번 지구의 차원 상승 프로젝트 기회를 통하여 재도약할 수 있는 원동력을 얻어야 하는 위치에 있습니다.

5차원 별로 생성되었다면, 그곳에 인류와 생명체들이 살기 시작한 것은 언제부터인가요?

대략 1억 년 전부터 본격적인 문명이 만들어졌으며 그 후 다른 행성 인류가 이주해서 지금까지 살고 있습니다. 카르아멘스 성단에서 살던 인류가 플레이아데스 행성에 집단 이주를 하게 된 것입니다.

카르멘님, 카르아멘스 성단이 맞나요?

맞습니다. 약간 발음의 차이가 있지만 큰 문제는 되지 않습니다. 이곳에 살던 인류들은 개척인류로 선발되어 새로운 행성에서 정착하기 시작했습니다. 현재의 지구 문명보다 최소 10만 년 이상 앞선 인류였어요.

그들은 행성에 도착하여 살기 좋은 환경으로 만들기 위해 많은 노력을 기울였습니다. 10만 년 정도의 문명이 앞서 있다고 하나 새로운 행성에서 산다는 것은 도전의 연속이었습니다. 모든 것을 새롭게 시작하는 것과 같았지요.

에너지의 공급과 기운의 조달, 보급 등 모든 것이 처음 시작할 때는 쉽지 않습니다. 특히 외부의 지원이 거의 없는 경우는 더욱 그렇습니다. 현재 지구의 경우 전폭적인 지원으로 쉽게 도약할 수 있는 여건이지만 대부분의 행성에서는 그런 기회를 맞이하기가 거의 불가능합니다.

초기에 원주민들은 없었나요?

저희가 이주하였을 때, 플레이아데스에 다른 인류는 존재하지 않았습니다. 그전에 살던 인류들은 오래전 다른 행성으로 이주를 한 상태로 오랫동안 복원 프로그램이 작동하고 있었습니다.

우주에서 복원 프로그램은 다양한 형태로 시행되는데, 첫째는 그곳에 살던 생명체가 한 단계 도약하여 타 행성으로 이주하는 경우입니다. 가장 좋은 케이스 중 하나입니다.

둘째는 그곳에 살던 생명체들이 물질문명의 발전으로 인하여 더 이상 상승하지 못하고 서로 전쟁을 통해 극단으로 치닫는 경우입니다. 이것은 물질단계에서 정신단계로 발전하는 과정에서 흔히 발생하는 현상으로 우주에서 현재도 많이 일어나고 있는 케이스입니다.

셋째는 더 이상의 발전이 없어서 타 별로 강제 이주를 당하는 경우입니다. 해당 행성은 다른 목적으로 사용하기 위하여 비워지고 자정작용을 통하여 복원됩니다.

플레이아데스는 3번에 해당했습니다. 그곳에 살던 인류들은 당시 3차원으로 살고 있었는데, 우주에서는 5차원 문명을 새롭게 실험하기 위해 그들을 강제로 이주시킨 것이지요. 그리고 플레이아데스를 5차원 별로 세팅하여 카르아멘스 성단에서 집단 이주를 하게 했습니다.

이때 결정은 어떻게 이루어졌나요? 타 별의 개입인지 아니면 자발적인 이주인지요?

타 별의 개입입니다. 우리보다 진화한 존재에서 개척단을 모집하였습니다. 그들은 플레이아데스에 대한 설명과 함께 새로운 세계로의 도전을 멋지게 프레젠테이션 하였기 때문에 젊은 도전자들은 흥분했어요. 그러나 막상 도착하였을 때는 우리가 생각했던 것과는 많은 차이가 있었습니다. 그래도 돌아가기는 더욱 어려운 길이었기 때문에 그대로 정착해서 살게 되었습니다. 이주에 필요한 모든 것을 우주선에 싣고 갔지만 되돌아갈 연료가 부족했거든요. 그래서 그대로 남았고 새로운 문명을 만들기 위해서 살아남아야 했던 거죠.

이야기를 들으니 당시의 수준이 그리 높지는 않았다는 생각이 드네요.

그렇습니다. 행성 간 운행을 할 수 있는 우주선이 있기는 하였지만 지금처럼 빠른 이동을 할 수 있는 수준은 아니었습니다. 지구가 차원 상승하여 지구 인류가 신인류로 거듭날 초기 모습과 흡사할 것 같습니다.

그렇군요. 초기 정착 단계에서 직면했던 문제들이 있었나요?

그것은 바로 인력의 부족이었습니다. 플레이아데스 성단은 30여개의 행성으로 이루어진 곳입니다. 이곳에서 전부 문명을 만든 것은 아니고, 처음에 한 곳에서 시작하여 점차 주변으로 나아가게 되었습니다.

소수의 인력이 만들어가는 문명은 상당 기간 발전하기보다는 유지하는 데 모든 에너지를 사용하게 됩니다. 그러다가 점차 세력이 확장되면서 문명이 더욱 발전하는 단계에 이르게 되죠. 어떤 문명이나 마찬가지지만 특히 수준이 낮은 단계에 있을수록 살아남기 위한 투쟁이라고 할 수 있을 것입니다. 우리 문명이 우주를 항해할 수 있는 수준이라고 해도 그리 발달한 상태가 아니었기 때문에 정착하여 안정되는 데 많은 시간이 걸렸습니다.

플레이아데스인들의 수명은 어느 정도인가요?

저희 별에서는 현재 10만 년 정도를 기본으로 살고 있습니다. 초기 5차원 별에서는 오래 살지 못하지만 점차 안정되면서 수명 또한 길어지게 됩니다. 정착 단계에서는 대략 1만 년 정도의 삶을 살았다고 보시면 됩니다.

그러면 정착 후 어느 정도의 시간이 지나서 본격적인 도약이 있었나요?

대략 100만 년 정도 지나면서 점차 발전이 가속화되었습니다. 초기 문명은 반에테르체 상태에서도 물질 쪽에 치중되어 있었기에 더욱 오랜 시간이 필요하였습니다. 지금도 플레이아데스는 물질에 대해 많은 것들을 알고 있는 별에 속합니다. 물질에서 시작하였기 때문에 많은 데이터들이 축적되었다고 보시면 됩니다.

발전 단계에서는 성장에 급급하여 많은 문제들이 발생하

지 않습니다. 그러면서 의견통일이 되는 것이죠. 그러다
가 성장하면서 다양성을 추구하게 됩니다.

우주전쟁, 역사는 반복된다

플레이아데스가 오늘에 이르기까지 겪었던 큰 이슈들에 대해서 궁금합
니다. 지구 역사를 보면, 나라가 생성된 후 몇 번의 위기 극복 과정을 볼
수 있는데요. 플레이아데스가 형성된 후 어떤 위기들이 있었나요?

선악善惡이 공존하는 별에서는 의견통일을 하는 데 많은
시간이 걸리는 것이 우주의 공통 현상입니다. 특히 물질
을 기반으로 하여 정신문명을 만들어가는 곳에서는 더욱
그렇습니다. 플레이아데스에는 물질을 찬양하는 많은 세
력들이 거주하고 있습니다. 이들이 특히 많은 문제를 일
으키는데요. 물질문명으로 발전하는 인류들은 그 속성이
지배하고 소유하는 것입니다. 앞서가는 인류들은 그 과
정을 쉽게 넘어가지만 따라오는 계층일수록 비움이 쉽지
않습니다. 이들은 플레이아데스에서 주도권을 잡기 위해
물질을 이용한 전쟁을 일으켰습니다. 플레이아데스 내부

에서 전쟁을 하게 되는 것이죠.

몇 번의 큰 전쟁이 있었습니다. 플레이아데스는 30여 개의 행성으로 이루어진 곳이기 때문에 한 곳에서 끝나는 것이 아닌 별들의 전쟁으로 이어져 많은 피해가 있었습니다. 2~3번은 거의 플레이아데스의 멸망으로까지 이어질 뻔했지요. 이런 경우 문명의 쇠퇴는 불가분의 관계에 있습니다. 최고 1만 년 이상 문명의 퇴보를 가져오게 되었습니다. 단순한 문명의 퇴보가 아닌 자연의 파괴로 인하여 거의 복구 불능의 사태에 이른 행성의 경우, 다른 행성으로 이주하여 그 행성의 자연 복구프로그램이 작동하도록 지켜보는 경우도 있었습니다. 진화한 우주인이라고 하여도 파괴된 자연을 복구한다는 것은 쉽지 않은 일입니다.

당시 계속적인 진화를 거듭하고 있었기 때문에 우리보다 진화된 존재에 대해 제대로 인식하지 못했습니다. 흔히 지구인들이 신이라 하듯이 우리에게도 신들이 있었지만 문명의 발달은 이런 것들을 잊어버리게 하는 마약과 같았습니다.

진화된 별에서도 망각 프로그램이 작동하는 것인가요?

꼭 지구와 같지는 않지만 비슷한 프로그램들이 작동하고 있습니다. 그래서 발전에 취해 앞으로 가다 보면 어디에서 왔는지, 어디로 가는지 망각하는 수가 많이 있어요. 그래서 이를 바로 인도해 줄 어떤 보이지 않는 힘이 필요함을 느끼게 되는 것이죠.

그렇군요. 3차원 지구에서만 윤회를 통한 망각 시스템이 있는 줄 알았는데 5차원에서도 망각 시스템이 있음을 새롭게 알았습니다. 플레이아데스에서 행성 간 전쟁을 하였다고 했는데요. 그전까지의 발전 과정은 어떠했나요?

처음에는 우리들이 도착한 첫 행성에서 수십만 년 동안 거주하며 생활했습니다. 외부와 교류가 없는 단절된 상태였죠. 이 상태에서 발전이란 참으로 더딘 과정이었습니다. 지구도 세계화를 통해 교류가 시작되면서 발전이 급가속 되었듯이 우주도 상호 교류를 통해 발전이 급가속 되는 것이 당연할 것입니다. 그러나 이주 초기에는 외부 인류와 교류가 없었기 때문에 우리끼리 살아남아서 문명을 건설해야 했습니다.

우주선에 필요한 모든 것을 가져왔다고 하나 처음 도착한 환경에서 문명을 이룩하기 위해서는 처음부터 시작해야 했기 때문에 특히 오랜 시간이 필요했습니다. 살아가기 위한 기운을 조달하고, 에너지 문제를 해결하고, 식량 문제를 해결하는 등 모든 것이 필요했죠. 상당히 오랫동안 참으로 바쁘게 지냈습니다.

점차 안정화되면서 교육에 많은 부분을 할애했지만 아무리 교육해도 타락하는 인류는 있는 것 같습니다. 차원에 따라서 비율이 달라지지만요. 한번 타락의 방향으로 이탈한 이들은 끝없이 노략질을 하고, 싸움을 위해서 모든 것을 걸고 도전합니다. 그러다 세력이 약해지면 어디론가 사라지고, 다시 세력을 확장해서 도전하곤 하지요. 지금도 계속되고 있는 현상입니다.

문명이 발전하면서 우리는 점차 환경을 변화시키기 위해서 노력했습니다. 처음에는 있는 그대로 사용했지만 조금씩 우리의 필요에 의해 환경을 바꿨습니다. 지구인들이 개발하는 것과 같은 이치입니다. 지구인들의 현재 모습을 보면 우리가 하는 것과 별반 다르지 않음을 알 수 있습니다. 단 차이가 있다면 수준의 차이입니다.

양상은 비슷하지만 유치원생과 대학생의 차이가 있다는 거네요.

그렇습니다.

당시 문명이 발전했다고 했는데, 어느 정도 수준이었나요? 지구인들이 상상하는 정도인지 아니면 그 이상인지요?

대규모 전쟁을 하기 전 수준은 현 지구인들이 상상 가능한 수준에서 약간 앞서 있었습니다. 지금 한국에서는 태양을 만드는 인공태양 즉, 핵융합 발전에 도전하고 있지만 이런 정도는 쉽게 만들 수 있는 수준이었죠. 소형화까지 가능했습니다. 단 소형화된 핵융합 시스템은 특별히 허가된 분들만이 이용 가능한 것입니다.

그래서 우주선의 핵융합 시스템을 통해 행성 간 이동을 할 수 있었습니다. 우리가 원하는 정도의 거리는 쉽게 이동이 가능했습니다. 지구인들은 빛의 속도 이상으로 이동하는 것이 불가능하다고 하지만 당시 우리는 쉽게 빛의 속도를 넘나들 수 있었습니다. 그 정도 문명이 만들어지면 외부 환경에 구애받지 않고 필요한 환경을 인공적으로 만들 수 있게 됩니다.

지구에서 사막은 50℃ 정도의 온도이지만 우리 플레이아데스에서는 현재 1,000℃ 정도는 쉽게 이용 가능합니다. 특수한 장치를 한다면 10,000℃ 정도에서도 일정 시간 생활이 가능합니다. 이 정도면 현재 태양 표면에서 조사하는 것 정도는 큰 무리가 없는 수준입니다. 그러나 에너지 소비가 많기 때문에 연구 목적 외에는 실생활화 하지는 않습니다.

당시에 과학 수준이 그 정도였다면 에너지 문제와 이동 수단으로 인한 자연의 파괴는 거의 없는 단계가 아닌가요?

그렇습니다. 당시 에너지 문제는 모두 해결된 상태였기 때문에 자연을 개발하여 이용하지는 않았습니다. 필요한 곳에서 채취하여 사용하면 되었기 때문이죠. 발달된 기술을 통해 충분히 가능한 것이고, 지구도 머지않아서 그런 세상이 도래할 것입니다.

생각만 해도 즐겁네요. 그런데 아까 전쟁을 통해서 행성이 복구 불능 상태까지 갔다고 하셨는데, 어떤 전쟁이었기에 그런 거죠?

우주선에 핵융합을 사용할 수 있는 수준이라면 전쟁에 사용하는 무기의 수준도 이와 같습니다. 상대 우주선이 지상에서 폭발하면 엄청난 위력이 발휘됩니다. 한 번에 모든 것을 초토화할 수 있죠.

그렇군요. 문명이 발달될수록 전쟁으로 인한 피해도 막심하겠네요. 그런 전쟁들은 왜 일어나는 걸까요?

물질문명의 핵심은 지배와 소유욕입니다. 이것을 벗어나지 못하는 한 계속적으로 물질문명을 추구할 수밖에 없습니다. 지금의 지구 모습과 같다고 할 수 있죠. 차이가 있다면 당시 과학 수준은 지구보다 훨씬 높았기 때문에 좀 더 쉽게 멸망으로 이르렀다는 것이죠.

물질문명을 대표하는 것이 지구에서는 군사력이죠. 이것은 물질을 과학화하는 것입니다. 과학자들이 힘을 가지면 물질 쪽에 치우친 삶을 살 수밖에 없습니다. 지금의 시점에서 보면 한국은 계속적으로 먹고 사는 문제를 거론하잖아요. 먹고 사는 문제가 바로 물질에 매이는 것인데, 이것은 발전 즉, 경제적 부를 계속적으로 추구하는 삶을 살게 합니다.

그런 사람들의 삶을 보세요. 과학이 발달하면서 그런 현상들이 발생하는 것을 지금 지구의 모습을 통해 쉽게 알 수 있을 것입니다.

그래서 지금 우주인들과의 대화를 통해서 좀 더 선진화된 별의 사례를 찾아보는 것이 아닐까요? 역사는 반복되기 때문이겠죠.

그렇습니다. 빙고~
제가 해야 할 말을 대신 해주시네요.

지금도 그런 거대 전쟁들이 플레이아데스에서 일어나나요?

지금은 그 정도 전쟁은 일어나지 않습니다. 점차 문명이 발전하면서 몇 번의 경험으로 그런 전쟁은 스스로 피하게 됩니다. 하지만 주변 행성으로 이동하면서 나쁜 짓을 하는 경우는 종종 있습니다. 파괴를 통한 형식이 이제는 지배하고자 하는 형태로 변경되었습니다. 직접 전쟁보다는 대리전을 즐긴다고 할까요?

네? 대리전요?

네, 그렇습니다. 문명이 발전하면 자신의 세력을 구축하여 식민지를 만들고자 하는 세력들이 있습니다. 물질문명을 추구하는 경우 특히 그렇습니다.

정신문명이 발전하는 경우 스스로의 진화와 발전을 위해 노력하지만, 물질문명이 발전하는 경우 지배하고자 하는 속성이 계속적으로 존재합니다. 특히 물질문명은 일정 단계에 도달하면 더 이상 발전하기가 힘듭니다. 우주인들이 그런 케이스입니다.

지구의 경우 물질문명 수준이 워낙 낮기 때문에 계속적으로 발전할 수 있지만, 우주인들은 더 이상의 발전이 어려운 경우가 대부분입니다. 그러니 얼마나 따분하겠습니까? 그날이 그날인 날들이 몇날 며칠이 아니라 수십 년, 수백 년, 아니 수천 년씩 지속되기도 하죠. 그래서 여기저기 돌아다니기 위해 노력하지만 이것도 쉽지 않습니다.

그럼 플레이아데스도 일정 문명 수준까지 발전하였지만 더 이상의 발전 없이 계속 정체되고 있다는 말씀인가요?

그렇습니다. 지구 시간으로 하면 수십만 년 전부터 정체 상태에 있어서 더 이상의 발전이 이루어지지 않고 있습니다. 그래서 우리는 접근 가능한 곳으로 이동하여 다양한 실험들을 하였습니다.

그렇게 지구에서 우주인 문명이 생성된 거군요.

그렇습니다.

정신문명을 이루려거든

플레이아데스의 발전 과정은 물질문명 세력과 정신문명 세력의 대결 과정이라고 볼 수 있을 것 같아요. 플레이아데스에서는 어떻게 정신문명 세력이 승할 수 있었나요?

그건 쉬운 일이 아니었습니다. 성공한 듯하였으나 얼마의 시간이 지나면 과거로 또 회귀하고, 다시 투쟁하기를 계속 반복했습니다. 그래서 지도자가 어떤 생각을 가지고 있는가에 따라서 달라질 수 있는 것입니다. 지도자의 사고에 따라서 정책의 방향은 단번에 급선회할 수 있기 때문이죠.

한 번의 선택이 행성의 운명을 결정짓는 단계로 나아가고 있는 것이 현 지구의 상황입니다. 만약 미국 대통령이 일순간 감정적인 판단으로 핵미사일 발사 버튼을 누르면, 그 순간 지구는 순식간에 세계전쟁으로 넘어갈 것입니다. 그렇지만 인내력 있고 평화를 추구하는 대통령이 있다면, 그리고 이를 지지하는 세력이 있다면 반대 세력과의 대결을 승리로 이끌어 갈 수 있을 것입니다.

플레이아데스에서도 마찬가지였습니다. 학습에도 불구하고 망각이 계속되었지만 다행히 최근에는 영적 지도자들이 물질문명의 최고 세력들을 누를 수 있게 되었습니다. 이것은 바로 교육의 힘이었습니다. 어떤 교육을 지속적으로 받는가에 따라서 달라질 수 있는 것입니다.

매일 전쟁과 관련된 문화 속에 있다면 아무리 좋은 방법이 있어도 우선은 전쟁으로 해결하려고 하죠. 그러나 폭력을 싫어하는 집단은 일단은 피하고 다른 방법으로 해결하려고 합니다. 사람들의 심성은 교육을 통해 조절 가능한 면이 있습니다. 물론 선천적으로 변하지 않는 집단도 있지만 그런 경우는 그리 많지 않습니다. 대부분의 경우 교육을 통해 가능합니다.

교육! 참으로 중요한 핵심 포인트인 것 같습니다. 권력자들의 정책에 따라서 교육 정책이 계속 달라지는 한국 사회에서는 참으로 많은 공감을 얻을 것 같습니다.

그렇습니다. 교육만이 백년대계를 장담할 수 있습니다. 지금 신인류의 삶에 대한 교육을 최우선으로 하지 않으면 앞으로 다가올 변혁기를 겪어 넘기기는 쉽지 않을 것입니다.

물질을 기반으로 하여 정신 쪽으로 넘어가는 상황에서 권력 즉, 힘의 이동을 위해 교육이 필요하다고 하셨는데, 정신적 기반을 가지고 있는 세력은 어떤 이들이었나요? 그리고 어떻게 힘을 끌어올 수 있었는지 궁금해요.

플레이아데스가 물질을 기반으로 성장한 행성이라는 것은 이미 말씀드렸죠. 지금의 지구 상황과 비슷하다고 할 수 있는데, 힘의 균형은 쉽게 변화되지 않습니다. 이를 원하는 인류가 얼마나 되는가가 관건입니다. 그들을 깨우기 위해서는 다양한 노력을 해야 하는데, 혼자만의 힘으로 될 수는 없습니다. 그러기 위해서 동조세력을 만들어야 하는데 힘을 위해 필요한 일정 수준의 세력을 규합하는 것이 1차 목표가 될 수 있습니다. 그 세력을 규합하는 데 정보의 교류가 중요한 역할을 합니다.

기초가 되는 학문을 인문학이라고 하지요. 이것이 힘을 받기 위해서는 정확한 역사 인식이 필요합니다. 정확한 역사 인식을 통해 같은 실수를 반복하지 않으려는 경향이 생길 수 있습니다. 그러나 역사란 힘을 가진 자들이 기록하는 경우가 대부분이므로 제대로 된 역사를 알지 못하게 하는 경우가 많습니다. 그래서 많은 연구를 통해 정확한 역사를 파악하여 널리 알리는 것이 과제입니다. 지금 저와 이렇게 대화하는 것도 지구 역사에 대한 정확한 인식을 위한 것이고요.

플레이아데스에서도 권력을 가진 쪽에서는 자신들이 가진 것 중 유리한 정보를 많이 흘리고 그렇지 못한 불리한 정보는 감추는 경향이 많았습니다. 그래서 숨겨진 정보를 찾아내는 것이 급선무였습니다. 처음에는 쉽지 않았지만 많은 이들이 점차 관심을 가지면서 가능했지요.

이것을 가능하게 하기 위해서는 무엇보다 민중의 힘을 이용하는 것이 가장 중요합니다. 아무리 강력한 권력을 가지고 있는 집단이라고 해도 민중이 원하는 것을 함부로 할 수는 없습니다. 2011년 지구의 이집트에서 민중들이 절대 권력에 도전하여 새로운 시대를 열었던 것처럼요. 이에 반해, 한국에서 있었던 1980년 민주화 운동은 정보의 차단으로 인해 국민의 절대적 지지를 얻지 못하였기 때문에 실패했다고 보아야 합니다. 이렇게 정보의 소통 상황에 따라서 민중의 힘은 다른 양상을 보입니다. 비단 지구에서의 형태만을 이야기하는 것이 아니라 우주에서도 같은 원리가 작동됩니다. 그래서 작은 것을 통하여 큰 것을 알 수 있는 것이죠.

그럼 정보 소통에 있어서 어떤 방법이 가장 강력하나요?

입에서 입으로 하는 방법이 가장 강력한 힘을 일으킵니다. 이것이 바로 소문이죠. 플레이아데스는 당시 일정 단계의 파장을 이용할 수 있었기 때문에 파장을 통해서 바른 역사를 전달할 수 있었습니다. 계속된 전쟁으로 인한 피해가 너무도 당연하다고 생각하던 많은 인류들은 전쟁을 피해서 더 높은 평화와 안정을 추구하게 되었던 거죠.

이런 일련의 작은 움직임들은 앞에서 끌고 가는 권력지향형 인간들에게 많은 영향을 미치게 됩니다. 그렇게 됨으로써 바른 교육을 할 수 있는 상황이 만들어지게 되고요. 즉, 소통을 통해서만 바른 흐름을 만들어 낼 수 있었습니다.

그렇군요. 정확한 정보가 바르게 흐를 수 있도록 안내하는 것, 이것이 교육의 핵심 중 하나이군요. 지금 지구에도 왜곡된 역사가 많다는 주장이 상당합니다. 그러나 소문만 무성할 뿐 정확한 것이 무엇인지 알지 못하기 때문에 힘을 얻지 못하는 경우가 많습니다. 정확한 정보라 할지라도 이것을 받아들일 수 있도록 전달하는 것은 또 다른 차원이 아닌가요?

그렇습니다. 지구와 우주 어디에도 정보는 넘치고 있습니다. 이 중에서 취사선택을 하는데, 어느 것을 선택하느냐에 따라서 진화를 하기도 하고 퇴화를 하기도 하죠.

그러면 정확한 정보를 잘 전달할 수 있는 방법이 있을까요? 여러 상황 속에서 전달을 해야 하기 때문에 쉽지 않은 것 같습니다.

네. 정확한 정보를 얻는다 해도 이것을 실행하는 데 또 다른 어려움이 있지요. 그래서 개혁은 시대적 상황과 맞아떨어질 수 있어야 가능합니다. 아무리 좋은 정보가 넘치고 있어도 이것을 수용할 수 있는 시대적 여건, 환경이 만들어지지 않는다면 그것은 성공할 수 없습니다. 좋은 밑거름이 있을 때 식물들이 잘 자랄 수 있는 것과 같습니다. 이것을 분석하고 파악하여 당시 수준에 맞는 정보를 제공할 수 있는 능력이 필요하죠.

누구나 정보가 없어서 실천하지 못하는 것은 아닙니다. 정보를 얻어서 마음이 움직일 수 있도록 안내하는 것. 이것이 진정한 능력입니다. 흔히 사랑이라고 하죠. 정보를 전달할 때는 언제나 사랑과 함께 전달해야 합니다. 그렇지 않고 정확한 사실만을 전달한다면 그것은 중간에 손실되고 말 것입니다.

그래서 그 정보를 전달하는 사람이 사랑으로 넘쳐야 하죠. 자기 사랑이 바탕이 되어 정확한 정보를 전달하게 되면 그것은 자연스럽게 주변으로 흐를 수 있습니다. 얼마나 멀리 흘러가느냐는 얼마나 많은 사랑을 담았는가에 따라 차이가 있습니다. 사랑이 흘러넘치는 정보는 자기 생명력이 만들어져 스스로 자가 복제를 하게 되어 있습니다.

그렇군요. 정리를 하면, 새로운 시대가 성공하기 위해서는 교육이 필요한데, 이것은 정확한 역사 인식을 기반으로 정확한 정보를 전달하여야 한다. 정보를 전달하기 위해서는 먼저 자기 사랑을 통해서 사랑이 주변에 흘러넘치게 해야 하고, 그러면 정보는 스스로 생명력을 가지고 주변으로 흐를 수 있다는 것이군요.

그렇습니다. 바로 사랑입니다. 사랑이 흘러넘치면 자연스럽게 흐름이 발생할 수 있습니다. 이것이 바로 핵심 포인트입니다.

결국 에너지의 흐름을 만들어가는 것인데, 어떤 에너지를 흐르게 하는가가 참으로 중요한 것 같습니다. 사랑을 담은 정보가 주변으로 흐를 수 있도록 노력해야겠네요.

물질문명의 함정, 유전자 조작

이제 다른 질문을 좀 해야겠는데요. 저는 우주인 하면 떠오르는 것이 유전자 조작에 대한 사항입니다. 플레이아데스 과학자들은 어느 정도 수준으로 유전자를 조작할 수 있나요?

우리 행성의 과학자들은 동식물의 유전자를 조합하는 것이 어느 정도 자유자재로 가능합니다. 유전자 합성이라고 할까요? 여기까지 오는 데는 많은 시간이 걸렸습니다. 유전자에 대한 바른 인식이 먼저 있어야 하는데, 그렇지 못한 상태에서 시작했기 때문에 성공보다는 실패가 더 많았습니다. 결국 많은 도전 끝에 지금의 수준까지 왔지요.

인간의 몸도 일정 부분 개량할 수 있는데 인간을 개량한다는 것은 많은 시행착오가 발생하고 있어서 가끔씩 성공을 이루고 있는 정도입니다. 만족할 만한 수준의 성공은 아니지만 그래도 지구인들보다는 훨씬 높은 단계입니다.

그렇군요. 영국과 그리스에 영향을 많이 미쳤다고 말씀하셨는데, 그리스 신화를 보면 반인반수의 모습을 한 다양한 신들이 나옵니다. 이들은 어떤 존재인가요?

그리스 신화는 초기 플레이아데스와 다른 우주인들이 지구에 영향을 미치면서 신이라고 불리게 되었던 시절의 이야기입니다. 인간의 형상을 한 경우도 있고, 다양한 동물의 형상도 있죠. 그리고 인간과 동물의 중간 영역에 해당하는 존재도 있습니다. 그리스 신화에 나오는 신들은 타 우주의 우주인들입니다. 물론 우주인들에 의해 조작되어 만들어진 존재도 있습니다. 새로운 생명체라고 할 수 있죠.

현재 플레이아데스에서는 생명체를 완전히 새롭게 만들

기 위해 다양한 노력을 하고 있지만 성공하지 못하고 있습니다. 여러 생명체의 유전자를 조합하여 특정 기능을 가진 생명체의 생성은 가능하지만요. 현재의 결론은 완전히 새로운 생명체를 만드는 것은 우리 수준에서는 불가능하다는 것입니다. 그래서 유전자를 조합하여 새롭고 더 강한 기능을 가진 생명체를 만들기 위해 다양한 노력을 하고 있습니다. 신화에 나오는 존재 중 일부는 실험적 존재들도 포함되어 있습니다. 그러나 얼마 가지 못하고 실패하였죠.

이집트 등의 벽화를 보면 다양한 동물들의 모습이 그려져 있는데 우주인들이 동물 실험으로 만든 존재라는 설이 있습니다. 이에 대한 설명도 부탁드려요.

고대 벽화에 나오는 존재도 마찬가지입니다. 우주인들이 지구에 와서 유전자 실험을 통해 원하는 결과를 얻었던 경우도 있고, 그렇지 못한 경우도 있습니다. 플레이아데스에서는 성공했는데 지구에서는 실패한 경우도 많이 있습니다. 그 이유를 찾고 있지만 정확한 원인은 알지 못합니다. 다양한 동물들을 하나로 만들어 보는 경우는 그래도 쉽게 성공할 수 있었습니다. 개와 고양이의 조합, 말과 개 등 다양한 조합을 통해 성공하였지만 번식에서 문제가 발생하곤 했습니다. 우리는 또 인간과 동물을 조합하여 새로운 생명을 만들기 위해 특히 많은 노력을 했습니다. 그리고 우리 플레이아데스인들과 지구인들의 몸을 상호 조합하여 지구에 더 잘 맞는 유전자를 만들기 위해서도 노력했고요.

오랜 세월 동안 도전하였지만 만족할 만한 성공 사례는 거의 없습니다. 그래서 현재 공식적으로 지구인들을 대상으로 유전자 실험을 진행하고 있지는 않습니다. 하지만 과거에 많은 실험을 했기 때문에 적지 않은 데이터를 축적해 놓았습니다.

그렇군요. 다른 우주인들은 어떻습니까? 역시 유전자 실험에 관심이 많나요?

네. 지구인의 유전자를 조작하기 위해 많은 우주인들이 노력하고 있습니다. 해당 별의 공식 허가를 받고 진행하는 경우도 있고, 그렇지 않고 별도의 세력들이 비공식적으로 진행하는 경우도 많이 있고요.

헤로도토스[5]나 헤드로포보스[6]의 경우 어느 수준인가요?

그들은 우리보다 더 많은 과학지식이 있어서 우리가 실패한 것을 대부분 성공적으로 진행하는 것으로 알고 있습니다. 그렇다고 해서 종과 종의 교잡을 통해 새로운 실험을 하는 것은 아니고, 같은 종에서 일부 유전자 배열을 변경하여 특정 기능을 더욱 증대시키는 정도가 가능한 수준입니다.

말씀의 뉘앙스를 보니 서로 다른 종의 교잡 실험은 비공식적으로 진행되는 것인가 보군요.

공식적으로 진행되는 경우도 있는데, 그건 그 별의 수준이 물질문명에 많이 치우친 경우입니다. 정신문명이 발달하지 않은 경우, 물질문명을 더욱 발전시키기 위해 노력하게 됩니다. 그때 가장 빠지기 쉬운 함정이 바로 유전자

---

5) 6) p.114 '지구와 플레이아데스별 소개' 참조

조작에 대한 욕구입니다. 현재 지구인들도 과학이 발전하면서 인간 유전자 조작을 마지막 남은 미지의 영역으로 다루는 것과 같습니다.

별이 진화하면서 겪어야 하는 일정 단계가 바로 유전자 조작에 대한 도전이며 로망인가 보군요.

그렇습니다. 많은 진화된 우주인들도 그런 단계를 넘어서 현재에 이르게 되었습니다. 많은 도전을 통해 종과 종의 조합은 실험해서는 안 된다는 윤리가 전반적으로 바로 서야 합니다. 그러나 초창기에는 성공할 수 있을 것이라는 오만으로 가득하게 됩니다. 그래서 많은 과학자들이 끝없이 도전을 하는 것이죠. 그러다가 계속된 도전에도 실패가 늘어나면 그때야 비로소 포기하게 됩니다.

이렇게 자연의 이치를 알지 못한 상태에서의 유전자 조작은 자연재해를 만들어내게 됩니다. 지구에서도 GMO[7]

---

7) 유전자변형농산물. 생물체의 유전자 중 필요한 유전자를 인위적으로 분리·결합하여 개발자가 목적한 특성을 갖도록 한 농산물.

식물이 늘어나면서 생태계에 많은 악영향을 미치고 있는 것으로 알고 있습니다.

현재 인간의 수준으로는 유전자 조작과 조합을 통해 자신이 원하는 특정 기능을 가진 동식물을 만들어내더라도 얼마 가지 않아서 여러 가지 부작용이 발생하게 될 것입니다. 그러나 그때는 이미 알 수 없는 문제점들이 너무도 널리 퍼져서 자연의 재앙으로 돌아오는 경우가 대부분일 것입니다.

유전자란 인류가 쉽게 도전할 수 없는 영역이며, 언제나 가장 겸손하게 다가가야 할 관문입니다. 이것은 신의 영역이며 창조주의 영역이기 때문입니다. 그러나 현재 인간들은 이것을 인정하지 않고 한두 번의 성공으로 자신이 창조주가 된 듯한 착각에 사로잡혀 있는 경우가 많이 있습니다.

그러나 시간이 흘러 자신이 만들어낸 생물들이 여러 부작용으로 힘들어 하는 모습을 보았을 때 점차 새로운 인식을 하게 되겠지요. 역사의 흐름 속에서 배우는 것이 있기 때문에 어쩔 수 없는 것 같아요. 문명이 발전하면서 맞이하게 되는 통과 의례로 보는 것이 좋을 것 같습니다.

네, 저는 유전자 실험이 일정 부분 필요한 것이 아닌가 하는 생각을 가지고 있었는데 다시 생각해보게 되네요. 이것이 가져올 예측하지 못할 상황들 때문인 것 같습니다.

그렇습니다. 현재 지구인들이 알고 있다고 하는 것은 전체의 0.1%도 되지 못합니다. 그렇다고 해서 주저앉아 있는 게 좋은 것은 아니지만, 도전을 할 때는 단계별로 접근해야 합니다. 그렇지 못하고 구분 없이 도전할 경우 자연의 재앙을 초래하고 인간들이 말하는 천벌을 받을 수 있습니다.

그렇군요. 생명을 다룸에 있어서 가장 조심해야 할 사항인 것 같습니다.

차원 상승의 실패 그리고…

플레이아데스는 7차원까지 상승했다가 6차원으로 떨어졌다고 하셨는데요. 5차원에서 7차원까지 상승할 수 있었던 배경에 대해 알고 싶습니다.

차원 상승이란 거저 오는 것이 아니며, 그곳에 살고 있는 모든 생명체들의 영적 수준이 상승되었을 때 가능합니다. 그리고 추가적으로 우주 발전에 어느 정도 공헌을 했는가가 평가 기준이 됩니다.

그렇군요. 플레이아데스는 사랑을 담은 교육을 통해 물질에서 정신으로 권력이 이동되면서 많은 발전이 이루어졌을 것 같은데요. 좀 더 자세한 설명을 부탁드립니다.

사랑을 담아서 정보를 전달해도 차원 상승까지 진화하기란 정말 쉽지 않습니다. 우주에서 진행되는 에너지의 이동을 잘 알고 있을 때 그 흐름을 탄다면 가능하지만 그것을 알기란 참으로 어렵고도 어렵죠.

우리 플레이아데스도 어찌 보면 행운을 잡았던 것 같아요. 당시 물질문명이 극도로 발전하면서 개인의 욕망이 극에 달하여 언제 폭발할지 모르는 상황에서 점차 변화를 이루고자 하는 여론이 형성되기 시작했습니다. 이것은 단순히 플레이아데스 자체의 계획으로 된 것이 아님을 한참의 시간이 흐른 후 알게 되었습니다. 우주의 보이지 않는 손이 개입되어 그런 흐름을 만들어 주신 것을 저희가 잡았다고 해야 할까요?

당시 권력계는 새로운 행성을 정복하고 자신의 영토를 넓히는 일에 많은 관심을 가지고 있었습니다. 그래서 우주의 먼 행성으로 정복을 나가기도 하고, 자체 내부에서 서로 다툼을 하기도 했죠. 이때 지금까지 저희가 알지 못한 진리를 소개해 주는 이가 나타났습니다. 위대한 현인. 그가 바로 우리의 구세주가 되었죠. 그가 없었다면 지금도 또 다른 전쟁을 하고 있을지도 모릅니다. 아니 완전히 멸망해서 흔적도 없이 사라졌을 수도 있습니다.

그가 전하는 메시지에 많은 이들이 공감하기 시작하여 점차 새로운 꿈을 꾸게 되었습니다. 지구 시간으로 몇 백 년 동안 계속된 이 흐름은 결국 폭력을 몰아내고 새로운 시대로 접어들 수 있도록 하였습니다. 그 과정에서 많은 이들이 희생되기도 하였습니다. 또한 새로운 시대를 바라지 않는 이들도 많이 있었습니다. 그들은 새 시대를 향하는 일이 미친 짓이라며 자신의 가족과 이웃을 공격하여 파괴하였죠. 그러나 그들은 이 흐름이 더 이상 저지할 수 없는 것임을 알고 나중에 포기하였습니다.

그렇게 하여 점차 감정과 정신 등 보이지 않는 세계를 중시하는 쪽으로 흐르면서 물질과 정신이 균형을 이루게 되었습니다. 그런 위기 극복의 보답으로 플레이아데스는 많은 진화를 할 수 있었습니다. 변화된 삶을 산다는 것은 참으로 즐거운 것이라는 것을 알 수 있었죠. 전쟁의 피해를 생각하지 않아도 되는 시대, 피해를 복구하기 위해서 에너지를 소비하지 않아도 되는 시대가 되었던 것입니다. 이런 과정에 대한 종합 평가를 통해 새로운 차원으로의 접근과 도약이 이루어졌습니다.

차원 상승을 통해 알게 된 사실들이 있나요?

7차원으로 상승하고 보니 5차원에서 알던 우주가 전부가 아니란 것을 깨닫게 되었습니다. 보이지 않던 우주의 수많은 별들이 보이기 시작하였고, 그 수는 지금까지 알던 것보다 더 많았습니다. 그리고 우주에 대한 더 많은 정보들이 쏟아져 들어오기 시작했습니다. 우리와 비슷한 수준의 별들이 우리와 교류하기 위해 나타나기도 하였죠. 과거에는 없었던, 알지 못했던 일들이죠. 과거에 알지 못했던 수많은 별들이 있음을 알았을 때, 정말 충격을 받았습니다. 우주란 참으로 대단한 곳이라는 것을 알게 되었죠.

우주인들도 우주에 대해 알지 못하는 영역이 많이 있나 보군요.

그렇습니다. 우주인들이라 해도 수준이 천차만별이기 때문에 자신의 수준에서 조금 더 높은 곳까지는 알 수 있어도 그 이상은 알지 못하는 경우가 많습니다. 차원 상승 이후 우리는 좀 더 진화된 존재가 될 수 있는 방법이 없을까 궁리했지만 쉽게 찾아지지 않았습니다. 그런 상태로 계속 정체가 시작되었고, 많은 시간이 흐르면서 한 번의 퇴화를 하게 되었습니다.

그럼 6차원으로 다시 되돌아갔다는 말씀인데 어떤 잘못이라도 있었나요?

퇴화하는 경우가 아주 드물게 있습니다.
우리는 의욕이 앞서서 너무 많은 일들을 벌였는데 그것

이 성공이 아닌 실패로 끝나고 말았지요. 플레이아데스의 모든 것을 걸고 추진한 대 프로젝트였다고 할 수 있습니다. 그것이 실패하면서 우리들의 의욕과 에너지는 고갈되어 한 단계 추락하게 되었습니다.

어떤 이유가 있었나요?

구성원 모두의 의견 일치를 보지 못했기 때문입니다. 강압에 의한 일치가 아니라 자유의지를 통한 하나 됨, 그것을 이루지 못했습니다. 한마음을 이룬다는 것은 참으로 어렵고 어렵다는 것을 진화된 우주인이라면 누구나 잘 알고 있습니다.

좀 더 자세한 설명을 부탁드려도 될까요? 어떤 프로젝트였나요?

그 프로젝트는 승급 시험과 같은 것이었습니다. 우리는 우리가 수준이 높아서 진화된 별이 된 것으로 알고 있었습니다. 그러나 나중에 보니 실험을 위해 플레이아데스에 주어진 조건이었습니다. 샘플로 주어진 결과였습니다. 진화된 존재가 되었을 때 그곳에 거주하는 생명체들은 어떻게 반응하는가? 능력을 주었을 때 제대로 사용하는지에 대한 검증이었죠.

어떤 능력을 어느 단계까지 주었나요?

지금 우리의 과학은 정신으로 이루어지는 초기 단계에 있습니다. 그러나 정신으로 그 무엇을 이룬다는 것은 참으로 어려운 일이더군요. 우리는 그런 능력들이 발휘되면서 자신이 가진 힘을 남용하게 되었습니다. 우주에서 어떤 힘을 준다는 것은 그것을 우주의 발전을 위해, 행성의 발전을 위해 사용하라는 것이지 자신의 힘을 과시하는 데 사용하라는 것은 아닙니다. 그러나 우리는 그것을 알지 못했습니다.

새로운 교육을 받으면서, 물질적인 과학 외에도 UFO 등을 만들기도 하고 분해시키기도 하는 능력들이 발현되기 시작했습니다. 지금 지구인들은 상상하기 쉽지 않겠지만 능력이 있는 우주인들에겐 쉽게 가능합니다. 이것은 기운의 조합을 통해 가능한데, 처음 그런 능력을 가지게 되었으니 얼마나 흥분했겠습니까? 너무나도 흥분을 했죠. 그런데 '흥분하지 않는 것', 이것이 잘 되지 않아서 우주에서 우리에게 주는 것을 제대로 사용할 수 없었습니다.

과거보다 손쉽게 큰 힘을 사용할 수 있다는 것은 멋진 일입니다. 지구에도 그런 날이 오겠지만, 제대로 사용하지 못한다면 큰 문제가 발생할 수 있죠. 특히 문제는 물질에서 정신으로 넘어가는 단계에서 많이 일어납니다. 지구도 지금 이 같은 단계에 있습니다. 그래서 플레이아데스의 과거 경험을 통해 같은 과오를 반복하지 않기를 바라는 것입니다.

물질문명에서 가지는 욕망은 소유욕인데, 정신문명 시대로 접어들어도 그 욕구는 쉽게 사라지지는 않습니다. 게다가 차원 상승으로 인해 우주인들의 수명이 더욱 늘어나게 되기 때문에, 한 사람이 오랫동안 살면서 변화하지 못하고 시대에 낙오한다면 과거의 의식을 가지고 문제를 해결하려고 하여 오히려 더 큰 문제가 발생하게 됩니다. 이게 가장 큰 문제이죠.

구체적으로 예를 들어 주실 수 있나요?

우리의 차원 상승은 우리 행성의 멸망을 피하게 되면서 시작되었습니다. 물질은 정신을 기반으로 다스릴 수 있다는 것을 점차 알게 되었지요. 그러면서 새로운 도전들이 시작되었습니다. 능력은 있는데 과거의 생각을 그대로 유지하고 있으니 그 능력을 사용하는 곳은 뻔했습니다.

처음에는 스스로 억제하며 살았지만, 점차 자신의 내면에 존재하고 있던 해결하지 못한 욕망들이 하나둘 튀어나오면서 또 다시 소유하고자 하고 정복하고자 하는 욕구가 발현된 것이죠. 우리들 내부적으로는 전쟁과 폭력 등이 사라지게 되었지만 외부에서는 정복과 지배를 위한 노력이 줄어들지 않았습니다.

행성 전체가 진화한다 해도 그곳 인류가 박자를 맞추어 같이 진화하지 못한다면 나중에 문제가 될 수 있군요. 아주 중요한 점인 것 같습니다.

그렇습니다. 변화된 의식을 가지고 더 높은 단계로 계속적으로 도약해야 하며, 그렇지 못한 경우 다시 원래의 자리로 돌아올 수밖에 없는 것입니다.

지구나 다른 우주의 수많은 행성도 방식과 시대가 다를 뿐이지 결국 같은 양상을 보이나 보군요.

그렇습니다. 변화된 시대에 적응하기 위해서는 그런 시대에 대한 자신의 염원이 있어야 합니다. 즉 새로운 삶에 대한 동경이 있어야 하죠. 우주인들도 똑같습니다.

그런데 의문점이 있습니다. 지구의 앞날에 대해 많은 우주인들과 대화한 다른 내용을 보면, 자동적으로 새로운 시대로 접어들어 우주인들의 도움으로 의식이 확장되고 쉽게 새로운 능력을 가질 것처럼 이야기하는 것 같습니다. 맞는 이야기인가요?

음. 그건 축약형입니다. 처음부터 너무 자세한 사항을 알려 준다면 따라올 이가 없을 것입니다. 새로운 시대가 온다는 것을 인식하는 것만도 큰일이죠. 이제 그것을 인지한 상태에서 한 단계 더 나아가 차원 상승은 여러 가지 어려움을 겪어 넘김으로써 가능한 것임을 알려줄 때가 된 것입니다. 그리고 그 시대를 맞이하기 위해서는 엄청난 노력이 수반되어야 하고, 자신이 살아남을 수 있는 준비도 필요함을 알려 주어야 하죠. 우리 우주인들은 많은 시간 동안 이 프로젝트를 알려주기 위해 노력하였습니다. 이 시간을 위한 준비였죠.

지구에서 진행되는 이번 프로젝트에 직접적으로 참여하고 있는 행성 외에 다른 많은 행성들은 자세한 내막을 모르는 경우가 많습니다. 이 일이 거대한 프로젝트로 아주 중요하다는 것은 알지만 자세한 사항은 극비로 진행되기 때문에 우주인들도 수준에 따라서 알 수 있는 내용들이 모두 다릅니다.

그렇군요. 위의 내용을 정리하면, 플레이아데스는 자신들의 노력으로 차원 상승을 경험하였지만 과거의 방식을 버리지 못함으로 인해 다시 이전의 차원으로 떨어졌다는 것이군요.

그렇습니다. 우리의 노력으로 위기를 극복하여 더 진화된 별이 되었지만, 그것이 어떤 원리에 의해 그렇게 된 것인지는 제대로 알지 못하였습니다. 단순히 우리의 노력으로 그리된 것으로 알았습니다. 그러나 나중에 보니 그것이 아니었습니다. 우리보다 높은 차원에서 새로운 기회를 주신 것이었습니다.

우리는 지구에 와서 다양한 일들을 하지만 지구인들은 우리의 존재를 제대로 알지 못합니다. 그와 마찬가지로 우리 행성에 다른 존재들이 와서 우리를 진화시키기 위해 노력했지만 우리는 그것을 한동안 인식하지 못하였습니다. 나중에 알게 된 것이죠.

별을 따려는 지구

모든 것을 알아야 모르는 것이 무엇인지 알 수 있는 곳이 우주인가 보군요.

그렇습니다. 하지만 알수록 모르는 것이 더 많아지는 곳이 바로 우주인 것 같습니다. 우리는 수준이 올라갈수록 모르는 것이 더 많음을 알게 되었고, 우리보다 더 높은 수준의 우주인들이 엄청나게 많은 것도 알게 되었습니다. 그리고 우주를 움직이는 거대한 힘에 대해서도 알게 되었고요. 우리도 진화하면서 한참 동안은 그 거대한 힘을 알지 못했기 때문에 우리 역시 진화론을 한동안 믿었습니다. 우리가 어느 정도 창조할 수 있기 전까지는요.

하지만 지구는 너무나 행운이 가득한 별입니다. 처음부터 진화를 테스트하기 위해서 만들어진 별이기 때문이죠. 보통의 별에게 있어 차원이 변동되기란 참으로 하늘의 별 따기 중의 별 따기입니다.

그렇군요. 그런 중요한 지구에 살면서 제대로 알지 못하고 산다는 것이 참 부끄럽기도 합니다.

그래도 머지않아서 일련의 계획들을 모두 아실 수 있을 것입니다. 우리는 그럴 날이 빨리 오기를 바라고 있죠. 이제 여러분들이 깨어나 새로운 눈으로 우주를 본다면 엄청난 개벽이 일어날 것입니다. 직접 볼 수 있는 시대가 다가오고 있기 때문이죠. 시기가 늦어질 수는 있을지라도 그런 시대가 언젠가는 오겠죠. 그러나 이번 기회에 이루어지길 온 우주의 생명들이 기원하고 있어요. 지구의 빠른 변화를 직접 목격하고 있기 때문입니다.

지구 인류의 잠들어 있던 진화에 대한 욕망이 폭발하듯 꿈틀거리고 있습니다. 지구로 인해 우주엔 새로운 힘이 태동되고 있습니다. 이것은 가능성이며, 희망입니다. 이

희망을 지켜주어야 합니다. 그래야 우주시민으로서 우주의 발전을 위해 우리와 함께 할 수 있기 때문이죠.

아… 그 날을 그려보니 벅찬 기쁨과 의지가 가슴 가득 차오르는 것 같습니다.

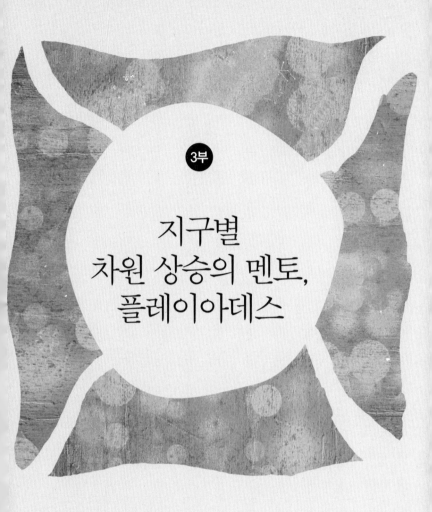

3부

지구별
차원 상승의 멘토,
플레이아데스

* * *

지구는 기로에 놓여 있습니다. 만약 지구가 좋은 방향으로 나아간다면, 다소의 정화작용을 거치긴 하겠지만 곧이어 차원 상승을 성공적으로 이루어 우주시대로 전격 진입하게 될 거예요. 물질문명으로 인한 모든 폐해가 극복되고 지구는 찬란한 정신문명을 꽃피우겠지요. 그리고 기후문제나 공해, 기아, 전쟁 등 지금 지구가 가진 모든 문제가 해결될 거예요. 남보다 많이 가지려고 애쓸 필요가 없기 때문에 사람들은 더 이상 서로 미워하지 않고 사랑하고 위해 주게 될 것이고요.

위기의 기로에 선 지구

요즘 세계적으로 발생하는 이상 현상을 보면 지구는 위기의 기로에 서 있는 것 같습니다. 지구인들이 그동안 지구에 저지른 일들이 자연재해와 같은 엄청난 위기를 가져온다니 참 막막한 심정입니다. 다시 예전처럼 조용한 지구로 되돌릴 수 있는 방법은 없을까요?

지금 지구는 기로에 놓여 있습니다. 만약 지구가 좋은 방향으로 나아간다면, 다소의 정화작용을 거치긴 하겠지만 곧이어 차원 상승을 성공적으로 이루어 우주시대로 전격 진입하게 될 거예요. 물질문명으로 인한 모든 폐해가 극복되고 지구는 찬란한 정신문명을 꽃피우겠지요. 그리고 기후문제나 공해, 기아, 전쟁 등 지금 지구가 가진 모든 문제가 해결될 거예요. 남보다 많이 가지려고 애쓸 필요가 없기 때문에 사람들은 더 이상 서로 미워하지 않고 사랑하고 위해 주게 될 것이고요. 우주로의 문호가 열려 지구인들도 우주를 자유로이 왕래하고 우주인들과 친구로 지내게 되겠지요.

아, 그렇군요. 그러면 나쁜 방향으로 나아갈 때는 어떻게 되나요?

이런저런 영화에서 보신 대로입니다. 극단으로 치달은 물질문명이 지구를 더 이상 견딜 수 없는 지경으로 몰고 가서 지구가 치명적인 자정작용에 돌입하는 거예요. 우주에 살고 있는 하나의 생명체인 지구는 지금 병들어 숨쉬기조차 어려운 상황입니다. 지진과 화산, 온난화, 동물들의 떼죽음 등 이미 전 세계적으로 번지고 있는 이상 현상을 보시고 느끼셨겠지만, 사실 지구의 운명은 이쪽으로 치닫고 있어요.

아직 어느 방향으로 갈지 확정된 상황은 아니기 때문에 지구의 방향은 얼마 남지 않은 시간 동안 지구인들이 얼마나 깨어나는가에 달려 있다고 할 수 있습니다. 저희와의 대화를 통해 지구인들의 깨어남에 도움을 드릴 수 있겠지요.

정도의 차이는 있겠지만 이것은 거스를 수 없는 지구의 거대한 흐름이기도 합니다. 인간이 저지른 정도에 따라 그것이 강하게 오느냐 약하게 오느냐의 차이만 있을 뿐입니다.

그렇다면 어차피 와야 할 것이 오는 것이라는 의미인가요?

그것은 다른 진화된 별에서도 반복되었던 역사의 흐름과 관련이 있습니다. 일반적으로 별의 역사는 [1기 정신문명-2기 물질문명-3기 물질문명에 기반한 정신문명]이라는 공식을 따르고 있어요. 그 이유는 보통 하나의 별을 진화시키기 위해서는 기존에 존재하던 인류를 기반으로 해서 그들의 의식을 성장시켜 진화시키는 방법을 사용하기 때문입니다. 여기서 그 주체는 우주의 본체이고요. 미개한 상태의 인류에게 발달된 도구를 쥐어줄 수 없기 때문에 먼저 의식을 성장시키게 됩니다. 신으로 대표되는 종교의 개념을 통해 보이지 않는 존재에 대한 인식이나 형이상학적 사고를 형성시키게 됩니다. 쉽게 말하면 한민

족에게 있는 '하늘'의 개념입니다. 하늘을 경배하고 자신을 낮추는 사고를 통해 성숙한 의식이 점차 자리 잡게 됩니다. 동물적 사고에서 점점 벗어나게 되는 것이죠. 이렇게 기본적인 의식이 성장하고 나면 물질적인 발전을 할 수 있도록 기능, 기술이 주어지게 됩니다.

그런데 최종적인 목표를 인간의 진화라고 본다면 1기 정신문명 단계에서 완전한 진화를 이룰 수는 없는 건가요? 물질문명의 폐해를 겪는 과정이 꼭 필요한 스케줄인가 해서요.

인간의 진화는 정신만으로 이루어지는 것은 아닙니다. 그렇다면 굳이 3차원 물질별인 지구가 수련별일 이유가 없는 거잖아요? 물질로 대표되는 온갖 유혹이야말로 위험하기 짝이 없는 것이기도 하지만 그것이 지구에서의 공부의 정수라고도 할 수 있습니다. 다시 말해서 물질문명의 발달을 통해서 인간을 성장시키는 온갖 시험과 공부거리가 나올 수 있다는 거죠. 수능이나 고시처럼요.

아, 말씀을 듣고 보니 그러네요. 저도 그런 경험이 있습니다. 여러 유혹을 이겨내고 나면 마음이 더 성장하게 되었던 것 같아요.

네. 기본적으로 성장한 의식에 물질이 주어지면 사고가 더욱 발달하게 됩니다. 영성靈性을 영력靈力과 성력性力으로 나누게 되는데 물질을 활용하는 방법을 통해 영력, 즉 사고가 많이 발달하게 되는 거죠. 말하자면 퍼즐 문제를 많이 풀면 지능이 좋아지는 것처럼 돈을 어떻게 벌까 고민하는 자체가 한편으로는 사고력을 향상시키는 긍정적인 과정이 될 수도 있는 것입니다. 감각과 감정도 마찬가지이죠. 문화라는 것이 물질에 어느 정도 기반을 두고 있죠. 그러한 문화를 향유하면서 감각과 감정도 많이 발달할 수 있는 것입니다.

그런데 이렇게 물질문명이 발달을 하게 되면 영성 중에서 주로 발달하게 되는 것은 영력입니다. 영력, 쉽게 말하면 사고나 지능에 관계된 부분이 발달하고 성력, 즉 양심이나 도덕성 같은 부분이 물질에 가려지게 되는 것은 필연적인 과정이죠. 그렇기 때문에 다른 별에서도 물질문명이 발달하게 되면 충돌과 전쟁으로 이어지는 과정은 거의 필수 코스라고 할 수 있습니다. 그 과정에서 각성이 이어지죠. 지능의 발달만으로는 공멸을 초래한다는 각성이요. 그러한 충돌의 고통을 통해서 더 나은 가치, 즉 성력의 발달을 추구하게 되는 것입니다.

음. 말씀의 흐름으로 보아 의미는 알겠는데 '성력의 발달'은 구체적으로 어떤 의미일까요?

영혼이 우주와 합일하는 정도입니다. 얼마나 본성에 가까운가, 얼마나 우주 본래의 상태에 가까운가 하는 것이 진정한 가치가 되는 것입니다. 앞에서 말한 충돌은 본능의 영역에서 이루어지는 것이지요. 본능에서 벗어나서 우주 본래의 상태인 본성으로 가고자 하는 각성이 물질문명이 극에 달하는 지점에서 이루어지게 됩니다. 만일 그러한 각성치가 충분치 않으면 멸망으로 이어지게 되는 것이고요. 즉, 물질문명의 끝점에 이르게 되면 결국 양단간의 선택을 할 수밖에 없지요. 멸망인가? 아니면 그를 극복하기 위한 방법으로 영성의 고른 발달을 택하게 되는가?

당연히 후자를 선택해야 하지 않을까요?

당연하죠. 하지만, 당연한 것이 당연하게 되지 않는 것이 현실입니다. 은기님도 생활에 있어 모두 당연한 대로 행동하는 것은 아니잖아요? 인류도 마찬가지입니다. 당연히 그래야 한다고 생각하지만 그 전에 행동해오던 관성이 있습니다. 그 관성은 곧 이기주의이기도 하고요. 이 이기주의를 극복하지 못하면 멸망으로 이어지게 됩니다.

이기주의를 극복하는 방법으로서 정신문명을 도입하게 되면 새로운 시대가 열리게 됩니다. 즉 3기인 물질문명에 기반한 정신문명의 시대가 열리는 것입니다. 물질과 정신의 양자가 한쪽으로 치우치지 않고 조화를 이루며 서로 시너지 효과를 내는 단계이며 이 상태에서 해당 별은 등급의 향상을 가져오게 됩니다. 전체적인 구성원의 수준이 도약하기 때문이죠.

가까운 사례로 현재 문명 이전의 문명인 아틀란티스[8]와 레뮤리아[9]를 들 수 있습니다. 그들의 과학기술은 태양계를 비행할 수 있을 정도의 진보를 이루었죠. 하지만 조화

---

8) 고대 문명국으로 대서양에 있었다고 하는 전설상의 대륙. 진보된 문명으로 크게 번영하였으나 어느 날 심한 지진과 화산활동으로 하루 밤낮 사이에 흔적도 없이 바닷속으로 침몰해 사라졌다고 한다.
9) 아틀란티스와 동시대에 양축을 이루었던 문명. 남태평양을 중심으로 넓게 펼쳐진 문명이었으나 아틀란티스처럼 바닷속으로 침몰해 사라졌다고 한다.

와 균형, 화합이라는 진화의 방향은 도외시하고 오로지 경쟁과 정복이라는 물질적인 본능을 극복하지 못했습니다. 결과는 많은 분들이 아시는 것과 같습니다. 아니 모르시는 것과 같다고 해야겠군요. 그 두 문명이 존재했다는 사실조차 모르고 계실 정도로 완전히 지구상에서 자취를 감추었으니까요.

그들의 사랑 없는 경쟁과 정복욕이 전쟁을 일으켰고 결국은 자연재해를 만들어 공멸의 길을 걸었군요.

네. 그들이 주는 교훈은 '물질문명의 폐해인 이기심을 극복하고 타인과, 자연과 조화된 삶으로 돌아가라' 는 것입니다. 전쟁이나 환경의 파괴는 전혀 다른 듯 보여도 원인은 같아요. 인간의 이기심이죠. 현재의 상황은 지구 인간의 영성을 다음 단계, 3기로 진화시키기 위한 우주의 스케줄로 이를 위해 모든 방법이 동원되고 있다고 보시면 됩니다. 전쟁으로 인한 피해, 환경파괴, 자연재해, 식량, 물, 에너지 문제, 광자대…. 이 모든 것이 말하는 것은 다시 한 번 강조드리지만 '본능을 극복하고 본성을 되찾아라!' 는 것이죠. 정신문명, 영성의 개발입니다.

그렇군요. 3기로 넘어가야 하는 이 시점에서 현재 상황이 우리에게 주는 메시지를 알고 변화시켜 나가야 할 것 같습니다.

차원 상승 프로젝트를 도와라

인간뿐 아니라 모든 문명을 건설했던 인류는 위기 앞에서 돌파구를 찾은 경우가 많이 있었습니다. 돌파구를 찾았을 때는 차원 상승의 기회가 발생하는 경우가 종종 있는데, 선진화된 별들도 모두 이런 경험을 한 경우가 대부분입니다. 그러나 돌파구를 찾지 못하는 경우, 해당 행성은 스스로의 보호 시스템을 작동시켜 복원 프로그램을 실행하게 되죠.

위기가 기회라는 말이 생각나네요.

그렇습니다. 위기가 곧 기회가 될 수 있도록 노력하셔야 해요. 알겠죠?

그럴게요. 플레이아데스에 관련하여 많은 대화를 했는데요. 이번에는 지구의 발전이 플레이아데스에 어떤 영향을 미치는지 궁금합니다. 지금 우주의 많은 행성들이 지구에 도움을 주기 위해 노력하고 있다고 하는데, 어떤 이익이 있기에 발 벗고 준비하고 있는지 궁금합니다. 지구보다 훨씬 발달된 인류인 우주인에게 어떤 도움이 될까요?

지구는 아직 우주의 실체를 잘 모르고 있지만, 문명이 발달하여 우주의 기적인 세계까지 알게 되면 우주의 발전이 곧 자신의 발전이라는 것을 알게 될 것입니다. 그리고 우리도 한몫했다는 자부심을 가질 수 있고요.

이번에 시행되는 지구의 차원 상승 프로젝트는 유사 이래 가장 큰 프로젝트이며 전 우주의 지원 세력이 총동원되는 과정으로 알고 있습니다. 그래서 이 일의 진행사항을 보는 것 자체가 우리 플레이아데스에 엄청난 도움이 될 수 있습니다.

특화되고 맞춤식으로 진행되는 진화 프로그램이기 때문에 우리는 모든 사항을 면밀히 살피고 기록하고 있습니다. 우리별의 과학자들 역시 실시간으로 지구의 상태를 관찰하면서 서로 정보를 교환하고 있습니다. 일종의 비상대기입니다. 우리가 선택할 수 있는 것은 많지 않지만 어떤 결정이 내려지든 도움을 드릴 수 있는 기회가 계속 주어지길 희망하고 있습니다.

이번 프로젝트는 속성速性 진화가 가능한가에 대한 테스트입니다. 지구가 이번에 성공을 한다면 우리별에서도 이것을 응용하여 많은 작업들이 진행될 예정입니다. 물론 실패를 한다고 해도 개선점을 찾아서 자체적으로 실행할 예정이고요.

지금까지 플레이아데스는 오랫동안 지구에 직, 간접적인 영향을 미쳐 왔습니다. 지구인들 입장에서 보면 좋은 영향도 있고 나쁜 영향도 있는 것이 아닌가 생각할 수 있는데, 전체적으로 보면 긍정적 영향이었습니다. 또한 물질을 이용하여 인간이 어떻게 변화되고 적응하며, 어떤 양상을 보이는지를 관찰할 수 있었습니다. 이것은 보통의 행성에서는 참으로 오랜 시간이 걸리는데, 지구의 특성을 이용하여 빠른 시간에 적절한 데이터를 확보하게 되었습니다.

우리는 청동기 문물을 전수하였고, 감정을 이용한 다양

한 사항들을 연구, 발전시킬 수 있도록 지원하였습니다. 이것은 종교의 형태로 발전하기도 하였지요. 특히 지금 지구에서 인간들이 믿고 있는 종교에 많은 영향을 미쳤다는 자부심이 있습니다. 이것도 좋고 나쁜 두 가지 측면이 있지만 긍정적 측면이 훨씬 강할 것입니다.

앞서 이야기한 것처럼 우리별의 이름을 파장을 통해 지구인에게 직접 전달하여 우리의 존재를 지속적으로 기억하게 하였으며 그로 인해 우리 행성에 많은 에너지가 공급되는 결과를 낳았습니다.

우주의 총아 지구별

플레이아데스에서도 자체적으로 충분한 에너지를 가지고 있는 것은 아닌가요?

우리가 가지고 있는 에너지는 충분하지 않습니다. 적당히 사용할 수 있는 에너지를 가지고 있을 뿐이지 충분하다고 볼 수 없습니다. 에너지가 충만하고 특화된 곳이 지구이기 때문에 지구를 탐내는 행성들과 우주인들이 아주 많이 있습니다. 우리도 한때 같은 목적으로 지구를 방문하여 많은 시도를 하였지만 실패하였지요.

우리는 우리별이 가지는 특성을 지구에 접목시킬 수 있는 기회가 있기를 바라고 있습니다. 지구인들은 현재 차원 상승을 해야 하는데 그를 위한 모델케이스가 필요합니다. 우리의 시스템이 조금이라도 적용될 수 있으면 좋겠다는 생각 때문에 플레이아데스의 많은 인류들이 지구에 직,간접적인 영향을 주기 위해 다양한 접촉을 하였고 수많은 채널링을 통하여 정보를 제공하였던 것입니다.

그런 의도가 있었군요. 그것이 플레이아데스에 도움이 되나요?

아주 중요한 포인트가 될 수 있는데요. 많은 도움이 되죠. 우리와 같은 문화를 가진 별이 존재한다는 것 자체가 중요합니다. 이것은 우리의 영향권 안에 존재한다는 것과 같습니다. 문화 연대라고 할까요? 아니면 공동체라고 할까요?

연방 개념과 비슷한 것 같네요. 지구에서 존재하는 영국 연방처럼요.

그렇습니다. 영국 연방은 같은 영어를 사용하고, 같은 여왕을 모시고 있으면서 느슨한 연대를 하고 있죠. 바로 그런 것입니다. 우리가 과거처럼 지구를 지배하지 않아도 우리와 쉽게 협력할 수 있는 동맹이 생기기 때문에 우리에게 많은 도움이 될 수 있습니다. 상호 시너지 효과를 낼 수도 있고요.

지구는 그동안 과히 우주인의 전쟁터였다고 할 수 있었습니다. 우주인의 개입이 없었던 적이 없었죠. 드러나든 드러나지 않든 간에 말이죠. 지구 역사 안의 모든 크고 작은 일들, 인종 갈등, 핵 실험, 종교, 전쟁, 그리고 인류에게 치명적인 발병을 일으키는 전염병 등 모든 것에는 결국 우주인의 개입이 있었습니다.

이것은 국가적인 일이기도 합니다. 국가 기밀로 알려져 있는 많은 사건에는 언제나 우주인의 개입이 있었습니다. 선한 의도이든 악한 의도이든 말이에요. 지도자들은 모르지 않습니다. 은폐하고 있을 뿐입니다. 그들이 그렇게 오랫동안 우주인과 접촉하고 있었는데 이러한 지구적인 대변혁이 온다는 것을 모를까요? 알 뿐만 아니라 소수만이 살아남을 방법을 함께 모색하고 있습니다.

그러나 이젠 그들도 점점 알기 어려워질 것입니다. 지구인들이 알아야 하는 것은 그런 지식이 아니라는 것을 깨달아야 합니다. 앞으로의 세상은 물질과 이기심을 비워야 갈 수 있기 때문입니다. 자신만을 위한 삶의 종말을 예고하게 되겠죠.

지구가 새로운 차원을 맞이하게 된다는 것은 이러한 우주전쟁이 끝나는 것을 뜻하기도 하는 겁니다. 우주인들 또한 각성이 필요한 것이고요.

지구 역시 우주 가족 중 하나이기 때문에 우리는 지구가 이번 위기를 극복하고 더 나은 차원으로 도약하기를 바랍니다. 지구의 희망은 우리의 희망이고 지구의 아픔은 우리 모두의 아픔입니다. 저희의 선한 의도가 오해 없이 잘 전해졌으면 좋겠습니다.

아! 더 많은 별과 더 큰 우주를 보고 싶습니다.

차원 상승의 기회를 눈앞에 둔 지구에게 친절한 선배가 되어주신 당신의 별 플레이아데스가 무척 가깝게 느껴집니다.

객관적이고 솔직한 대화로 저의 의식을 한층 넓혀주신 철학자 카르멘님…. 지구의 인류가 모두 하나 되어 차원 상승을 이룬 후 꼭 당신의 별을 찾아 감사의 인사를 드리고 싶습니다.

    네, 은기님. 그 날을 기다리고 있겠습니다!

그래요. 안녕히~

에필로그

카르멘님과의 대화는 과거와 현재, 미래를 넘나드는 여행과도 같았습니다. 이제 곧 3차원에서 5차원으로 항로를 바꾸려는 지구호에게 전하는 플레이아데스 친구의 값진 지침을 소중히 받아든 것 같았지요. 먼저 경험한 선배가 후배인 우리들에게 들려주는 사랑 듬뿍 담긴 이야기들이었습니다.

처음엔 6차원 별인 플레이아데스의 우주인이 3차원 별인 지구의 저와 왜 대화를 나누려하는지 의아했습니다. 그런데 알고 보니 우리는 하나의 선 상에 있었습니다. 그들이 우리의 미래이고, 우리가 그들의 과거였습니다.

카르멘님은 플레이아데스가 5차원 별로 생성되어 7차원까지 성장하였지만, 현재 다시금 6차원으로 강등된 상태라고 했습니다. 오래 전부터 지구 인류에게 직접적인 영향을 많이 주어왔다는 플레이아데스는 물질문명을 기반으로 하여 성장했기 때문에 그 발전 과정에서 지구와 비슷한 면이 많다고 했지요. 그래서 지구가 차원 상승을 앞두고 있는 이 시점에서 플레이아데스의 문명사를 알아보는 것은 지구의 미래를 내다보는 것과 같이 중요하다고 할 수 있을 것 같습니다.

지구는 지금 기로에 놓여 있다고 합니다. 바로 이 순간에도 우리 인간들의 이기주의 때문에 어딘가에서 끊임없이 발생하는 자연 파괴로, 지구에 엄청난 위기가 닥쳐오고 있다는 것이지요. 하지만 이 위기를 성공적으로 극복해낸다면 그동안 여러 폐해를 일으켜온 물질문명에서 나아가 찬란한 정신문명의 시대로 접어들 수 있다고 합니다. 그리고 그때 우리는 지구촌 시대를 넘어서 우주시대로 나아가게 될 것이라고 카르멘님은 말합니다. 이것이 모두 지구인들의 깨어남에 달려있다고 하니, 어쩌면 우리는 너무나도 행복한 기로에 서 있는지도 모르겠습니다.

지금 많은 지구인들은 물질 중심주의의 극단을 향해 달리고 있습니다. 주로 지배하고 소유하는 데에만 관심을 두고 있지요. 그래서 거대 전쟁으로 인해 멸망으로까지 이어질 뻔했다는 플레이아데스의 과거는 우리에게 특히 시사해주는 바가 큰 것 같습니다. 우주인 친구 카르멘님은 우리가 이 같은 시행착오를 겪지 않기를 바라고 있습니다. 이 선한 마음이 저와의 대화를 통해 많은 분들께 전해지기를 저 또한 간절히 바랍니다.

저는 카르멘님과 대화를 나누면서 점점 가슴이 따스해져오는 것을 느꼈습니다. 우리가 더 나은 차원으로 도약하기를 바라며 도움을 주기 위해 기다리고 있는 든든한 친구가 있다는 것을 알게 되었기 때문이지요. 카르멘님이 전해준 메시지가 그 속에 담긴 사랑의 힘으로 부디 널리 널리 퍼져나갈 수 있기를 간절히 바랍니다. 그리고 우주시민으로 거듭나기 위해 지금 이 자리에서 지구와 그 가족을 사랑하는 실천의 삶을 살도록 노력하겠습니다.

열심히 대화에 임해주신 우주인 친구, 카르멘님께 깊이 감사드립니다.

지구와 플레이아데스별 소개

★ 지구

　3차원의 별로서 우리은하의 궁수자리와 머리털자리에 걸쳐 있으며(우주에서는 마린성단 아류은하계 아루이은하로 불림) 태양계 제4성으로 7.8등급의 별이다. 우주에서도 유명한 고난도의 학습장별로서 다양함과 선악善惡의 공존으로 인해 인간 감정의 기복이 극단을 달리게 하는 특성이 있으며 윤회가 존재하는 곳이다. 다양한 파장과 에너지로 인해 생기生氣의 배치가 실제 별의 등급보다 높은 8.9등급인 속성수련速性修鍊 별이다.

★ 시리우스

　5차원의 별로서 큰개자리에 있으며 8.4등급의 별이다. 크기는 지구와 거의 비슷하며 육안으로 볼 때 동반성과 함께 두 개의 별로 보이나 실제 9개의 항성과 그 주위를 도는 여러 개의 행성으로 이루어진 별들의 무리이다. 현재의 지구가 차원 상승 과정을 거친 후 도달할 바로 다음 차원의 별이다.

★ 플레이아데스

6차원의 별로서 황소자리에 있으며 8.6등급의 별이다. 황소자리는 7개 별로 되어 있으며 물질문명에서 정신문명으로 진화하여 지구가 차원 이동할 때 직접적인 도움을 줄 수 있는 별이다. 플레이아데스인들은 지구인들이 가지는 감정에 대해 잘 알고 있다.

★ 헤드로포보스

8차원의 별로서 안드로메다 성단에 있는 9.2등급의 별이다. 예술을 통한 진화를 우주의 다른 차원의 행성에 전달하는 역할을 한다. 헤드로포보스인 모두가 예술가라고 할 수 있으며 별 자체가 예술작품의 전시장이다. 정신문명이 고도로 발달한 행성이다.

★ 헤로도토스

9차원의 별로서 안드로메다 성단에 있는 9.6등급의 별이다. 가장 차원이 높은 완전한 기적공간인 10차원으로 진입하기 위해서 최종적인 시험을 치르는 장소로서 우주에서도 유명한 곳이다.

★ 참고

우주는 1~10차원으로 되어 있으며 그 중에서 4차원 이하는 물질계의 원리로, 6차원 이상은 비물질계의 원리로 만들어져 있다. 그 중간에 위치한 5차원은 물질계와 비물질계를 이어주는 통로의 역할을 한다.

여기에서 별의 등급은 육안으로 보이는 별의 밝기에 의한 등급을 의미하는 것이 아니라, 별의 진화에 따른 수준을 말하는 것으로 '차원'이 별의 환경을 의미한다면 '등급'은 별에 존재하는 모든 존재들의 영성의 수준 상태를 나타내는 등급을 말하는 것이다.

⊙ 이 책을 펴낸 곳 명상학교 수선재는

너무나 궁금했던,
그러나 누구도 알려주지 않던
인생의 비밀을 알려주는 학교

'내 인생은 왜 이런 걸까?'

누구나 살면서 울적하거나 힘든 일이 생기면 이런 생각을 하곤 합니다. 그러다가 상황이 좋아지면 언제 그랬냐는 듯 그런 생각은 다시 마음 한구석에 넣어두고 까맣게 잊고 살게 됩니다. 그러다 다시 인생의 난관에 부딪히면 답이 나오지 않는 이런 신세한탄을 반복하며 살아가는 것이 보통 사람들의 모습입니다. 결국 불치병에 걸리거나 죽음 직전에 이르러서야 무릎을 치며 한평생 알지 못한, 그러나 반드시 알고 죽어야 할 사실이 있었다는 것을 깨닫게 됩니다.

'내 인생의 진정한 의미는 어디에 있는가?'
'가장 인간답게 산다는 것은 어떤 삶인가?'

수선재는 이러한 풀리지 않는 삶의 근원적인 질문을 품고 사는 현대인들이 삶의 참의미를 찾을 수 있는 도심 속 명상학 교입니다.

이곳은 어린 시절 자신의 실수로 세상을 떠나게 된 동생에 대한 아픈 기억을 내면의 치유를 통해 극복한 중년남성, 하루도 조용할 날이 없는 사고뭉치들이 모인 남자고등학교에서 담임을 맡고 있지만 그 아이들에게 더 많은 것을 배우고 있다는 젊은 여선생님, 20대에 걸린 난소종양을 극복하고 동물농장을 만들며 자연과 하나 된 삶을 사는 그림 작가, 성공을 위해 10여 년간 서울에서 일에 파묻혀 살다 귀농을 결심한 후 자연 속에서 인생의 참맛을 알게 된 커리어우먼, 12년 동안 한국의 자연과 문화에 푹 빠져 살면서 한국인 못지않게 된장 국을 잘 끓이게 된 미국인 등…. 평범한 삶을 살아가는 특별한 사람들이 학생으로 있는 곳입니다.

이들은 명상을 통해 단절되었던 자신의 내면과 이웃, 자연, 우주와의 관계를 회복하여 그들과 하나 됨 속에서 참다운 행복을 되찾아가고 있습니다. 또한 깨닫게 된 진리를 가족과 이웃뿐 아니라 세상에 전하며 자연만물과 인간이 공존하고 상생할 수 있는 실천적인 삶을 살아가고 있습니다.

• 명상학교 수선재 홈페이지 www.suseonjae.org

1. 인생박물관 '선 뮤지엄'

삶은 무엇이며 죽음은 또 무엇인가?

인생을 어떻게 살아야 하는가?

수많은 현대인들이 애타게 답을 찾는 질문입니다.

청년들은 물론이거니와 중년, 노년에 이르기까지 삶의 길을 찾지 못하고 방황하는 이들이 늘고 있습니다.

본디 사람과 자연, 하늘, 우주는 하나에서 나왔으며 서로 돕고 사랑하며 지구라는 별을 아름답고 풍요로운 생명의 별로 가꾸어왔습니다. 그러나 물질문명이 득세하면서 인간은 점점 다른 존재들에게서 멀어지고 오직 자신들만을 위한 이

기적인 문명을 만들었습니다. 그 결과 지구는 회복이 어려운 중병을 앓고 있으며 모든 자연과 우주의 존재들은 인간에게 경고를 보내고 있습니다. 수선재 선 뮤지엄은 이러한 지구의 위기를 가져온 인간의 잘못을 알리는 한편 서로 사랑하고 상생하는 삶의 모델을 제시하는 인생박물관입니다.

• 선 뮤지엄 홈페이지 www.seonmuseum.org

2. 보람 있는 삶과 아름다운 죽음을 가르치는 '선문화진흥원'

선문화진흥원은 삶을 어떻게 살고 죽음을 어떻게 준비해야 하는지 가르치는 인생교육의 장場이며 명상전문가, 전직 교사, 예술치유가, 자연농법 전문가 등이 모여 설립한 비영리교육기관입니다. 선仙이란 곧 사람-자연-우주가 서로 조화롭게 공존하는 모습인 것입니다. 세상에 좋은 가르침이 넘쳐나건만 그것들이 대중에게 큰 도움이 되지 못하는 이유는 부분적으로 접근하기 때문입니다. 사회현실에 대해서만, 자연현상에 대해서만, 혹은 정신세계에 대해서만 이야기하기 때문입니다.

보람 있는 삶과 아름다운 죽음을 이루려면 사람과 자연과 하늘에 대한 앎과 사랑이 동시에 필요합니다. 참 삶의 길은 사람사랑, 자연사랑, 하늘사랑을 동시에 실천할 때 찾아질 수 있습니다. 선문화진흥원은 이러한 선문화를 통해 삶의 가르침을 전하는 통합교육의 장입니다.

또한 삶과 죽음에 대한 올바른 이해를 바탕으로 자연회복과 바른 장례문화 정착을 위해 '무덤 없애기 운동', '사후 장기 기증 및 호스피스 활동', 아름다운 완성을 이룬 이들의 친자연적인 영원한 쉼터 '영생원 건립' 등의 활발한 활동을 하고 있습니다.

• 선문화 진흥원 홈페이지 www.seonculture.net

우주인의 사랑 메시지
플레이아데스가 말하는 지구의 미래

ⓒ 수선재 2011

1판 1쇄 | 2011년 6월 16일
지은이 | 박은기와 카르멘
펴낸곳 | (주)도서출판 수선재
펴낸이 | 이혜선
편집팀 | 최경아, 윤양순, 제지원
마케팅팀 | 서대완, 김부연, 정원재
출판등록 | 1999년 3월 22일 (제 1-2469호)
주소 | 서울 종로구 가회동 172-1 3층
전화 | 02)737-9454 | 팩스 02)6918-6789
홈페이지 | www.suseonjaebooks.com
블로그 | blog.naver.com/ssj_books
전자우편 | ssjbooks@gmail.com

ISBN 978-89-89150-74-9 03810

• 잘못된 책은 바꾸어 드립니다.
• 저자와 협의하여 인지는 생략합니다.